KB122064

스파게티

스파고 만지아빌레?
'먹을 수 있는 끈'이라는 뜻이다. 이게 무얼까?
레오나르도 다빈치가 만든 신개념 국수로
오늘날 스파게티의 원조다.

온갖 발가락 모둠 요리

양 한 마리, 돼지 한 마리, 소 한 마리, 레몬 세 개, 약간의 후추, 올리브유가 필요하다. 위에 열거한 짐승의 발가락을 모두 잘라내 후추와 올리브유를 섞은 레몬즙에 하루 동안 재어둔다. 은근한 불에 어두운 금빛을 띨 때까지 구워 딱딱하게 굳은 폴렌타에 올려놓고 먹는다. 이 요리는 우리 루도비코 어르신께서 즐겨하시는 담백한 요리 중 하나다.

인간의 진정한 친구 돼지고기

돼지를 한 마리 잡으면 딱 두 부위만 빼고 모두 먹을
수 있다. 돼지 선지를 햇볕에 굳히면 순대 만드는 데
이용된다. 돼지뼈를 녹이면 기름을 얻을 수 있다.
돼지고기 살은 전부 요리가 가능하다. 살코기를 그
냥 먹을 수도 있고 돼지고기 케이크를 만들어 먹을
수도 있다. 돼지 머리도 전부 요리할 수 있다. 단 두
개만 빼고는. 나는 여태껏 돼지 두 눈알이 요리로
나왔다는 얘기는 들어본 적이 없다. 내 얘기의 결론은
이렇다. 수많은 짐승 중에서 돼지야말로 우리 인간의
진정한 친구다.

양 머리 케이크

양 머리를 세로로 둘로 쪼갠다. 뇌와 혓바닥을
들어내고 당근 한 개, 파슬리 가지 한 개와 함께 물에
삶는다. 세 시간이 지나면 딱딱하게 굳은 폴렌타가
한 겹 덮인 쟁반 위에 국물과 함께 올려놓는다.
여기에 푸른색 소스를 곁들여 내놓는다. 소스는 먼저
들어 낸 뇌와 혓바닥으로 만든다. 뇌와 혓바닥을
잘게 썰어 미나리꽃과 함께 삶아 만든다. 이때
미나리꽃의 양은 뇌와 혓바닥 무게의 두 배가 좋다.

레오나르도 다빈치의

요리노트

EL CODEX ROMANOFF
DE LEONARDO DA VINCI

· 일러두기

1. 이 책의 원본은 1981년 상트페테르부르크의 에르미타주 박물관에서 발견된
   레오나르도 다빈치의 『코덱스 로마노프*Codex Romanoff*』이다.

2. 이 책은 temas' de hoy 출판사의 『Notas De Cocina De Leonardo Da Vinci』의
   『Codex Romanoff』 부분을 번역 텍스트로 삼았다.
   영어판 『Leonardo's kitchen note books』도 참조했다.

3. 본문에 나오는 인명과 지명은 한글 외래어표기법에 맞춰 모두 이탈리아어로 통일하였다.

레오나르도 다빈치의

요리노트

EL CODEX ROMANOFF
DE LEONARDO DA VINCI

레오나르도 다빈치 지음

김현철 옮김

nomad
노마드

레오나르도 다빈치는 요리에 대해 쓴 짤막한 글들을 『코덱스 로마노 프*Codex Romanoff*』라는 소책자에 모아두었다. 레오나르도는 그가 살았던 그 시대의 모든 요리를 다루지는 못했다. 그러나 그가 접할 수 있었던 요리 중에서 특별히 관심이 가는 요리를 최대한 많이 다루고 있다. 물론 레오나르도가 직접 요리법을 개발하고 음식을 만들지는 않았다. 요리는 전문 요리사들이 담당하고 그는 요리에 대한 주석을 달았을 뿐이다. 하지만 주방, 조리기구, 요리법, 식이요법 등에 관한 레오나르도의 세심한 관찰은 전문 요리사를 무색하게 만들 정도다. 식도락가로서 레오나르도의 천재적인 면모는 새로운 요리법을 제안하고 기존의 조리기구를 개선하는 면에서도 확실하게 드러난다.

레오나르도 다빈치가 자신의 노트에 요리에 대한 생각을 꼼꼼하게 정리하던 시기(1481~1500)의 밀라노를 포함한 이탈리아 전역의 요리는 그야말로 끔찍한 것이었다. 종달새 혓바닥, 타조 알 스크램블, 순대와 살아

4

있는 개똥지빠귀가 가득한 돼지 요리 등이 그 시대를 풍미했다. 화려했던 로마제국의 진수성찬은 이미 기억에서 사라진 지 오래였다.

당시의 먹거리는 풍요 속의 빈곤이었다. 부자들은 네발 달린 짐승이나 날개 가진 짐승의 고기를 시도 때도 없이 즐길 수 있었지만, 가난한 사람들은 폴렌타(polenta, 죽의 일종) 따위의 희멀건 죽으로 겨우 허기를 때우는 상황이었다.

거의 모든 요리에는 양념을 하거나 야채를 곁들였다. 많은 채소와 풀과 뿌리 등을 먹거리로 이용했지만 감자와 토마토 등 신대륙에서 발견된 야채는 거의 알려지지 않은 상태였다. 신대륙에서 발견된 야채류는 17세기에 이르러서야 유럽 전역에 퍼졌던 것이다. 소금, 후추, 향신료는 있었다. 치즈와 빵도 있었지만 눈송이처럼 새하얀 빵은 보기 힘들었다. 달콤한 맛을 내는 데는 꿀이 최고였다. 시칠리아 지역에서 사탕수수를 재배하긴 했지만 진짜 설탕이라고 할 만한 것은 아직 선을 보이지 못하고 있었다. 포도주는 물이나 설탕 또는 그 둘과 함께 혼합하여 마셨다. 마실 물도 넉넉한 편은 아니었다. 마실 물을 구하려면 수로(水路)로 나가 긷거나 물장수를 불러야 했다. 브랜디는 페스트 환자 치료제로 사용되었으며 약제사들이 만들어 배급해주었다. 차도 커

피도 초콜릿도 없었다.

　주방기구라고는 근육질 팔과 절구통이 고작이었다. 고기, 생선, 조류는 부드러운 반죽처럼 될 때까지 다진 후 체로 걸러 잘 부풀도록 꿀과 쌀을 넣어 반죽했다. 음식은 도마 위에 놓은 채로 그냥 먹거나 얇은 빵 위에 놓고 먹은 후 빵까지 알뜰하게 먹어치웠다. 부잣집에서는 받침으로 쓰인 빵을 강아지한테 던져주거나 가난한 사람에게 선심 쓰기도 했다. 가난한 사람들은 하루에 한 끼를 정오쯤에 에웠다. 부자들은 오전 아홉시에서 열시 사이에 가볍게 한술 뜨고 늦은 오후에 성대한 만찬을 베풀었다. 그러나 가난한 사람일지라도 지중해에 가득한 철갑상어 덕택에 캐비어는 수시로 즐길 수 있었다.

　레오나르도 다빈치가 이 노트를 작성할 당시 그는 스포르차 가문의 궁정 연회담당자로서 부잣집 요리라면 유감없이 음미할 수 있는 위치에 있었다. 따라서 당시에 서민 음식이었던 캐비어 요리는 당연히 그의 노트에 등장하지 않는다. 레오나르도는 캐비어 요리를 폴렌타보다 더 못한 요리로 보았던 것이다.

이 책을 읽을 때 주의해야 할 점이 몇 가지 있다.

첫째, 일단 읽어보면 알겠지만 레오나르도의 요리나 인물에 대한 평가는 글자 그대로 받아들여서는 곤란하다는 것이다. 레오나르도는 인물을 평가하는 데 대단히 인색하고, 심지어 아주 조롱조로 말하기도 한다. 음식에 대해서도 마찬가지다. 추어올리는 말인지 깎아내리는 말인지 모호할 때가 한두 번이 아니다. 이 점 염두에 두기 바란다.

둘째, 요리에 쓰이는 재료의 양이다. 여기에 소개하는 대부분의 요리는 대규모 만찬에 올릴 것으로 서너 사람을 위해 요리하는 일반 가정 요리와는 사뭇 다르다는 것이다. 레오나르도가 묘사한 요리법을 그대로 따라하다가는 큰코다치기 십상이다.

셋째, 이 역시 양에 관련한 문제인데, 한두 가지를 제외하고는 정확한 양을 밝히지 않는다. 몇 그램, 몇 리터, 큰 숟갈, 작은 숟갈 하는 구분이 도통 안 간다는 것이다. 눈짐작으로 적당히 알아맞힐 수밖에 없다.

넷째, 조리기구에 대한 것이다. 그 당시에는 조리기구가 오늘날처럼 세분되지 않았기 때문에 보통 냄비, 솥, 프라이팬 등으로만 얘기할 뿐 특정 요리를 위한 특정 조리기구를 세분하지 않았다. 음식의 양이나 재료에 따라 짐작해가며 읽기를 바란다.

다섯째, 재료의 성격 문제다. 500여 전에 만들어 먹던 음식들인지라 재료가 요즘과는 많이 차이가 나기 때문에 개중에는 실로 '엽기적인' 재료라고 생각되는 것도 있을 것이다. 옛날 어려웠던 시절임을 감안하여 읽기 바란다.

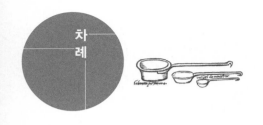

0   **1**

Leonardo

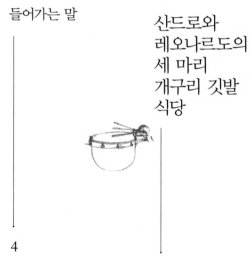

1_

do daVinci

산드로와
레오나르도의
세 마리
개구리 깃발
식당

레오나르도 다빈치는

평생 동안 요리에 대단한 관심을 나타냈다. 그 이유는 아마도 레오나르도의 유년 시절과 관련이 있을 성싶다. 레오나드로는 1452년 피렌체에서 가까운 빈치(Vinci)라는 곳에서 태어났다. 아버지 세르 피에로 다빈치(Ser Piero da Vinci)는 피렌체에서 공증인으로 활약했고, 어머니 카테리나(Caterina)는 빈치의 귀부인이었다. 레오나르도가 태어난 지 얼마 되지 않아 아버지는 열여섯 살의 피렌체 아가씨와 결혼했고, 어머니는 아카타브리가 디 피에로 델 바카(Accatabriga di Piero del Vacca)라는 빈치 출신 과자 제조업자와 식을 올렸다.[1]

---

1) 이와 다른 설도 있는데, 다른 문헌에는 이렇게 나와 있다.
레오나르도 디 피에로 다빈치(Leonardo di Ser Piero d' Antonio di Ser Piero di Ser Guido da Vinci; 호적상 정식 이름)는 세르 피에로(Ser Piero)의 장남으로, 아버지는 마을에서 대대로 이어온 공증인이었다. 여기서 Ser는 영어의 Sir(gentleman)에 해당한다. 당시 이탈리아는 상업 경제가 발흥했던 시기라서 이 직업은 선호도가 매우 높았다. 아버지는 이 직업을 자랑스럽게 여겼으며, 이후에는 상당한 노력을 기울여 피렌체 시뇨리아(the Signoria of Florence)의 공증인까지 되었다. 레오나르도의 어머니는 가난한 농부의 딸인 카테리나(Caterina)였는데, 그녀가 할아버지 세르 안토니오(Ser Antonio)의 세금 납부 신고서에 기재되어 있지 않으며, 동네 성당의 세례 명부에도 없기 때문에 중동이나 동유럽에서 건너온 노비라는 설도 있다. 1451년 6월 당시 열다섯 살이었던 그녀는 스물네 살의 전도양양한 청년 세르 피에로를 만났다.
이처럼 부모가 신분 차이 때문에 정식 결혼을 하지 못했기 때문에 레오나르도는 안타깝게도 사생아로 태 레오나르도는 성장기를 아버지 집과 어머니 집을 전전하며 보냈다. '촌스럽고 꾀죄죄하고 먹보인' 아카타브리가(세르 피에로가 묘사한 바에 따른 것이다)는 레오나르도에게 단것을 실컷 먹이며 섬세한 미각을 키워주었다. 레오나르도는 의붓아버지로부터 단것에 대한 취미와 요리에 대한 열정을 전수받아 평생을 갈고닦았는데, 너무 열중하는 바람에 하마터면 다른 뛰어난 재능을 썩힐 뻔했다.

열 살 무렵부터는 의붓아버지를 자주 찾아갈 수 없었다. 친아버지가 피렌체에 붙잡아두고 배다른 형제들과 함께 기초교육을 받도록 명령했기 때문이었다. 아마 이때 레오나르도는 라틴어 교육을 못 받았던 것 같다. 그는 평생 동안 '노동자 계층'이 쓰는 피렌체 사투리로 말하고 쓰곤 했다. 1469년, 세르 피에로는 엄청나게 뚱보가 되어버린 장남을 피렌체의 베로키오 작업장으로 보내 조각, 미술, 공학, 대장일, 수학을 익히게 했다. 당시 동문수학한 친구 중에 보티첼리가 있다.

작업장에 들어가서 채 1년도 지나기 전에 레오나르도는 곤경에 처한

산드로와 레오나르도의 세 마리 개구리 깃발 식당

어났다. 그런데 레오나르도가 태어났을 때 그의 아버지는 이미 피렌체의 유명한 제화공의 딸인 열여섯 살난 알비에라 아마도리(Albiera di Giovanni Amadori)라는 여자와 결혼한 상태였다. 알비에라는 레오나르도를 무척 예뻐했으나 너무 일찍 세상을 떠났고, 아버지는 다시 스무 살 난 프란체스카(Francesca)와 결혼했다. 하지만 그녀도 몇 년 뒤 사망했다.
어머니는 레오나르도를 낳은 지 몇 달 뒤 형편이 좀 나은 농사꾼이자 옹기장이인 아카타브리가(Accatabriga di Piero del Vacca da Vinci; 아카타브리가는 '말썽꾼'이라는 뜻이다)와 정식으로 결혼했다. 그 후 친어머니 없이 자라던 레오나르도는 2년 뒤 할아버지의 집으로 옮겨와 외롭게 자랐던 듯싶다.
레오나르도가 태어난 시기는 정확하지 않다. 그를 키운 할아버지가 1457년 세금 납부 신고서에 다섯 살로 기재했기 때문에 1452년생으로 결론지은 것이다. 그 서류 마지막 장 밑에는 이렇게 적혀 있다.
"1452: 내 아들 세르 피에로의 아들이자 나의 손자가 1452년 4월 15일 토요일 10시경(the third hour of the night, 밤 제3시) 태어났다. 그 이름은 레오나르도이다."
아버지는 결혼한 부인들이 일찍 사망하는 바람에 네 번이나 결혼했는데, 모두 열한 명의 자녀를 두었다.

다. 그는 베로키오의 가르침을 잘 소화해낼 수 없었다. 그 때문이었는지 의붓아버지가 보내주는 단것을 다시 엄청나게 먹어대기 시작했다. 베로키오는 그 '포식'에 대해 벌을 내리기로 결심했다. 베로키오는 산 살비 교회의 의뢰로 작업해오던 〈그리스도의 세례〉라는 그림에 천사를 그리라고 레오나르도에게 명령했다. (이 그림은 현재 피렌체 우피치 미술관에 보관되어 있는데 눈에 띄는 것은 레오나르도가 그린 천사뿐이다.) 그림에 매달린 덕에 레오나르도는 동료들이 붙여준 '뚱보'라는 별명을 벗을 수 있었다.

3년이라는 수련기간이 끝나자 이제 독립해야 했다. 그러나 베로키오가 알선해준 일감이 적어 수입이 형편없었다. 그래서 할 수 없이 밤마다 피렌체 베키오 다리 옆에 있던 '세 마리 달팽이'라는 유명한 술집에서 접대부로 일하기 시작했다.

1473년 어느 봄날, '세 마리 달팽이'의 주방 식구들이 알 수 없는 이유로 모두 죽고 말았다. 그래서 레오나르도는 드디어 주방 일을 보게 되었다. 〈그리스도의 세례〉 그림 작업을 함께 하던 베로키오는 레오나르도의 급작스런 변신에 분통을 터뜨렸다. 그러나 레오나르도는 새로운 분야에 도전하겠다는 의지에 불타 평생을 주방지기로 보내기로 결심했다.

레오나르도는 '세 마리 달팽이'에서 파는 음식을 개선하기 위해 많은 노력을 기울였다. 복잡한 요리를 단순화하는 등 그야말로 음식을 문명화하려 했던 것이다. 그러나 지나치면 모자람만 못하다고 했던가. 너무나 혁신적인 요리에 손님들은 떨어져 나가고, 그래서 주인장은 레오나르도를 벼르게 되었다. 줄행랑. 레오나르도는 다시 베로키오 작업장으로 돌아와 〈그리스도의 세례〉라는 그림에서 안식처를 찾았다.

잠시 동안이긴 했지만 '세 마리 달팽이'에서 한 경험은 연구하기 좋아하는 레오나르도에게 깊은 인상을 남겼다. 그곳에서 당시의 요리법이 얼마나 유치한지, 시간과 수고는 또 얼마나 낭비되는지를 몸으로 깨우칠 수 있었던 것이다. 그때부터 레오나르도는 주방에서 시간과 수고를 절약할 수 있는 방법을 모색하기 시작했다. 아마 이때부터 요리 노트를 따로 만들어 틈틈이 기록하지 않았나 싶다. 레오나르도는 많은 기구를 도안해 삽화로 남겼지만 곧바로 시제품을 만들어 사용하지는 않았다. 레오나르도는 모두가 잘 먹고 잘 살기 위해 기록을 남겼지만 400년 후 사람들은 그것을 전쟁 도구를 만드는 데 이용해 먹었다. 고기다지기, 빨래기계, 자동 호두까기 등을 그렇게 써먹은 것이다. 그런 중에도 레오나르도는 그림 그리기에 열중했다. 화가로서 이름을 떨쳐야 했던 것이다.

1478년 여름, 피렌체를 대표하던 두 집단 간에 싸움이 붙어 그 유명하던 술집이 홀랑 타버리고 말았다. 레오나르도는 당시 아주 중요한 그림(베키오 궁의 산 베르나르도 예배당에 설치할 그림)을 의뢰받아 작업하던 중이었음에도 친구 보티첼리와 함께 그 술집이 있던 바로 그 자리에 새로 술집을 세웠다. 베로키오 작업장에서 그림을 빼내 실내도 장식했다. 술집 이름은 '산드로와 레오나르도의 세 마리 개구리 깃발'이라고 붙였다. 레오나르도가 밖에 내걸 깃발의 한쪽 면을 그렸고 다른 쪽 면은 보티첼리가 그렸다.

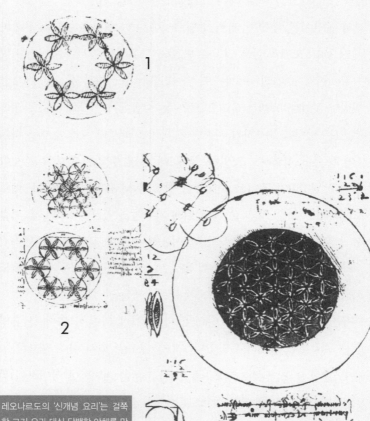

레오나르도의 '신개념 요리'는 걸쭉한 고기 요리 대신 담백한 야채를 맛깔스럽게 내놓는 것이었다. '세 마리 달팽이' 시절 레오나르도는 검은 빵 위에 알바아카 잎을 가지런히 장식했다(1). 그러나 손님들이 영양가 없다는 불평을 늘어놓자 빵과 알바아카 잎 사이에 볼로냐산(産) 순대를 넣어주었다(2). 그래도 손님들은 점잖은 사람이 먹을 게 못 된다고 주장했다. 레오나르도는 순대의 양을 늘릴 수밖에 없었지만 손님들을 만족시키기에는 역부족이었다(3).

레오나르도가 '산드
로와 레오나르도의
세 마리 개구리 깃
발'이라는 주점을 운
영할 때 사용한 메
뉴판. 한 편의 멋들
어진 시와 같다.

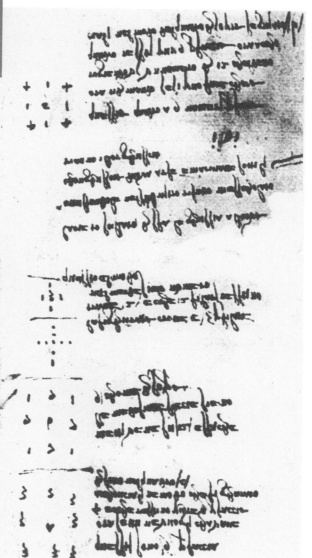

술집은 성공을 거두지 못했다. 피렌체의 멋쟁이들은 레오나르도가 개발한 요리를 외면했다. 안초비 한 마리와 당근 네 쪽만이 달랑 놓인 접시로는 그들의 시선을 끌 수 없었다. 그리고 메뉴판도 문제였던 것 같다. 레오나르도는 메뉴판에도 멋을 내 오른쪽에서 왼쪽으로 써 내려갔다. 당연히 아무도 이해하지 못했다. 베로키오 작업장에서 빼낸 그림은 제자리로 돌아갔다. 가게는 문을 닫았다.

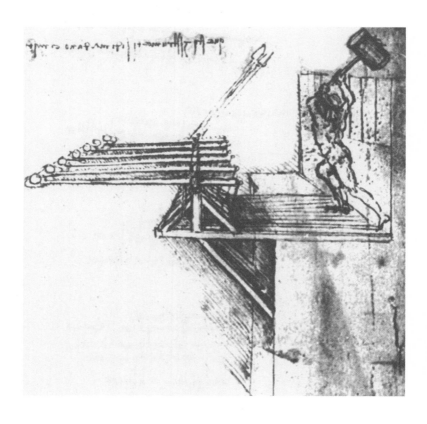

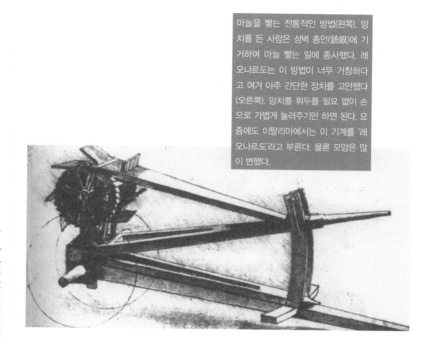

마늘을 빻는 전통적인 방법(왼쪽). 망치를 든 사람은 성벽 총안(銃眼)에 기거하며 마늘 빻는 일에 종사했다. 레오나르도는 이 방법이 너무 거창하다고 여겨 아주 간단한 장치를 고안했다(오른쪽). 망치를 휘두를 필요 없이 손으로 가볍게 눌러주기만 하면 된다. 요즘에도 이탈리아에서는 이 기계를 '레오나르도'라고 부른다. 물론 모양은 많이 변했다.

산드로와 레오나르도의 세 마리 개구리 깃발 식당

레오나르도는 이후 3년 동안 고전을 면치 못했다. 레오나르도를 요리사로 고용하려는 식당은 없었다. 하다못해 허드렛일조차 구할 수 없었다. 사람들이 돌아다니며 레오나르도의 엉뚱한 요리법을 헐뜯고 다닌 것이 분명했다. 레오나르도는 그림으로 다시 뛰어들지도 않았다. 그저 피렌체 거리를 배회하며 아이디어를 끼적거리거나, 만돌린을 치거나, 매듭 묶는 법을 궁리하거나 할 뿐이었다. 이런 무사안일에서 탈출할 수 있는 방법은 하나밖에 없는 듯했다.

레오나르도는 성문을 깨는 파성추와 공격용 사다리에 대한 새로운 구상도를 그려 메디치가(家)의 로렌초에게 보냈다. 로렌초는 당시 피렌체의 군주로 교황과 시답잖은 싸움을 벌이고 있었다. 레오나르도는 무기 구상도와 함께 가루 반죽으로 모형을 만들어 함께 보냈다. 별다른 꿍꿍잇속이 있어서가 아니라 그냥 좋은 일 한다는 셈이었던 것이다. 그러나 로렌초는 레오나르도의 속내를 제대로 읽지 못했다. 그는 참 이상하게 생긴 빵도 있구나 하고, 손님 접대용으로 쓰고 말았다.

로렌초로부터 돈은커녕 치사 한마디 변변히 듣지 못한 레오나르도는 그렇다고 다시 따분한 그림 그리기로 돌아설 마음도 없었다. 그림은 갈수록 넌더리 나는 일로 여겨졌다. 요리사로서 두 번이나 실패를 맛본 레오나르도는 짐을 꾸려 피렌체를 떠났다. 레오나르도가 떠난다는 소식을 접한 로렌초는 밀라노 대공 '모로인' 루도비코 스포르차 앞으로 소개장을 써주었다. 물론 모형 빵을 먹어버린 것에 대한 유감도 표명했다. 레오나르도는 소개장을 몰래 열어보았다. 소개장에는 화가나 요리사로서의 자격은 전혀 언급되지 않았다. 로렌초는 레오나르도를 완벽한 만돌린 연주자로 추천하고 있었던 것이다.

1482년, 레오나르도는 밀라노를 향해 출발했다. 음악가인 친구 아탈란테 미글리오로티와 동행했다. '모로인' 앞으로 쓴 소개장(레오나르도 본인이 쓴)도 챙겼다. 레오나르도의 자천서 내용을 간추리면 이렇다.

교량, 성채, 석궁(石弓), 기타 비밀 장치를 제조하는 데 본인과 견줄 사람은 다시 없다고 확신하는 바임. 회화와 조각도 본인에 버금갈 사람은 없음. 수수께끼, 매듭 묶기에도 대가임을 자신함. 이 세상에 둘도 없는 빵을 구워낼 자신이 있음.

이 겸손한 자천서를 읽은 루도비코는 눈이 휘둥그레졌다. 루도비코는 알현을 허락했고 깊은 인상을 받았다. 이제 레오나르도는 루도비코의 축성위원회 자문, 스포르차 궁전 연회담당자가 되었다. 루도비코는 레오나르도가 여타 시시한 그림쟁이나 글쟁이와 달리 '한가락 하는' 인물로 파악했던 것이다. 레오나르도는 이제 개인 몸종과 개인 작업장을 가질 수 있게 되었고 밀라노 궁정 사람들, 그러니까 궁정 조신·자문관·장군·강대국 사신·고명한 선생들과 허물없이 사귈 수 있게 되었다. 편지 한 장이 인생역전을 이루어낸 것이다.

그러나 루도비코는 곧바로 레오나르도에게 중요한 일을 맡기지는 않았다. 처음에는 식사 후 여흥을 위해 레오나르도를 불렀다. 레오나르도

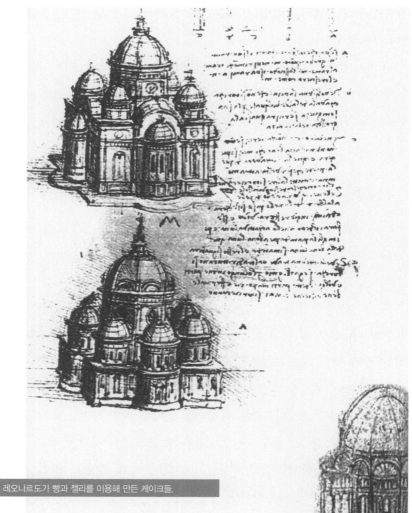
레오나르도가 빵과 젤리를 이용해 만든 케이크들.

는 노래도 하고, 만돌린도 치고, 수수께끼를 내거나 만담도 하고, 매듭 묶기 강연도 했다. 루도비코는 레오나르도의 성채 도면을 거들떠보지도 않았다. 레오나르도는 주인장이 향락만을 즐긴다는 사실을 간파해냈다. 그래서 설탕이나 젤리로 성채 모형을 만들어 식탁에 올렸다. 메디치가의 로렌초에게 써먹은 방법이었다. 이런 식으로 허망하게 날려버린 레오나르도의 작품의 수는 상상을 불허할 것이다.

레오나르도는 자신의 재능을 좀 더 고상한 일에 투자하기 위해 고군분투했다. 궁정 귀부인들 초상화 그리기는 마지못해 하는 일이었다. 너도나도 부탁했지만 끝을 낸 것은 별로 없었다. 루도비코의 아버지 등신대 조각상에 진을 빼야 했고, 실제 크기보다 네 배나 큰 말을 조각하느라 땀을 쏟기도 했다.

아주 특별한 연회를 준비할 기회가 왔다. 스포르차의 조카딸이 혼인을 하게 된 것이다. 레오나르도는 이 기회를 이용해 피렌체에서 고배를 마신 요리법을 다시 선보이기로 결심했다. 레오나르도는 루도비코에게 요리 목록을 제시했다. 레오나르도는 의심쩍은 눈초리로 쳐다보는 루도비코에게 설명해 나갔다. 식솔 한 명에게 돌아갈 음식은 다음과 같다.

- 개구리 모양으로 조각한 무 한 조각 위에 올린 동그랗게 만 안초비 한 마리
- 양배추 새순을 끼워 비틀어 만 안초비 한 마리
- 예쁘게 조각한 당근 하나

- 야생 엉겅퀴 꽃봉오리
- 상추 잎 위에 올린 작은 오이 반쪽짜리 두 개
- 자고새 한 마리 가슴살
- 댕기물떼새 알 하나
- 찬 크림을 친 새끼 양 불알
- 사자이빨(민들레) 잎 위에 올린 개구리 다리
- 삶은 양 발톱(뼈를 발라낸 것)

설명을 마친 레오나르도는 하명을 기다렸다. 루도비코는 레오나르도에게 차근차근 설명했다. 스포르차 가문은 절대로 이런 식으로는 손님을 접대하지 않는다. 스포르차 가문의 손님은 절대 이런 식으로 접대받을 수 없다. 겨우 이런 대접을 받으려 수만리 길을 고생고생 해가며 오가지는 않는다. 스포르차 가문의 내력을 살펴보면 루도비코가 레오나르도에게 이런 역제안을 한 사실을 알 수 있다.

- 볼로냐산(産) 돼지 뇌로 만든 순대 600
- 모데나식 잠포네(다시 속을 채운 돼지 다리) 300
- 페라라식 둥근 케이크 1200
- 암송아지, 닭, 거위 각 200
- 공작새, 백조, 해오라기 각 60
- 시에나식 마지팬

- 고르곤졸라 치즈(우수치즈제조협회가 인정한 것)
- 몬차식 다진 고기
- 베네치아산 굴 2000
- 제노바식 마카로니
- 철갑상어 무진장
- 송로버섯
- 걸쭉한 뭇국

이 재료들은 앞으로 레오나르도가 준비해야 할 연회용 요리에 반드시 포함되어야 할 것이다.

하지만 루도비코는 레오나르도가 요리에 대해서도 일가견이 있다는 사실은 인정할 수밖에 없었다. 그래서 레오나르도가 나중에 스포르차 가문의 여러 주방에서 새로운 요리법을 시도해보도록 허락했다. 그로부터 1년 반 후에 루도비코를 비롯한 궁정 식구들이 전혀 짐작 못한 요리가 등장하게 된다.

레오나르도는 주방이 갖추어야 할 요건을 이렇게 정리했다.

우선 불씨를 꺼뜨리지 않고 항상 보존해야 한다. 끓는 물도 언제나 준비되어 있어야 한다. 주방 바닥은 늘 청결해야 한다. 설거지 기구, 빻는 기구, 자르거나 껍질을 벗기는 데 유용한 온갖 종류의 칼도 구비되어 있어야 한다. 김, 연기, 냄새를 제거하여 쾌적한 주방 분위

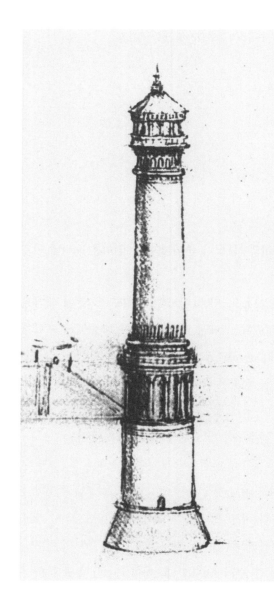

후추를 가는 도구. 스페치아 등대 모양을 본뜬 것이다. 목재는 포도나무를 사용했다.

기를 만들 수 있는 기구도 필수 요건이다. 음악도 있어야 한다. 음악이 있는 곳에서는 사람들이 더욱 열심히, 더욱 기분 좋게 일하기 때문이다. 마지막으로 마실 물을 담아두는 통에서 개구리를 쫓아낼 수 있는 기구도 필요하다.

레오나르도는 베키오 궁의 작업실에 틀어박혀 연구에 몰두했다. 당시 궁정 소설가로 있던 마테오 반델리는 레오나르도의 행적을 자세히 기록해두었다. 레오나르도는 아주 기초적인 것에서부터 시작했다. 먼저 최고의 화력을 낼 수 있는 장작의 굵기와 길이에 대해 연구했다. 레오나르도는 여러 가지 크기의 장작을 쌓아놓고 하나하나 태워가면서 장작이 타는 시간과 발생하는 열기를 꼼꼼하게 기록했다. 결론은 장작의 생김새가 아니라 장작의 양이 열기를 결정한다는 것이었다. 레오나르도는 자동 톱과 주방 바깥에 쌓아둔 장작을 직접 화덕으로 옮길 수 있는 장치(요즘 식으로 말하자면 컨베이어 벨트)를 고안해냈다. 이제 장작을 나르는 일꾼이 주방 안에서 서성거릴 필요가 없어졌다. 하지만 주방 바깥에서는 일꾼 네 명과 말 여덟 마리가 자동 톱을 작동시키는 데 동원되었다.

레오나르도는 자동 석쇠도 만들었다. 이 자동 석쇠 덕분에 하루 종일 석쇠를 뒤집던 일꾼이 따로 필요 없게 되었다. 레오나르도의 설계도에 따르면 자동 석쇠는 이런 것이었다. 굴뚝 안, 불 위에 프로펠러를 설치한다. 프로펠러는 뜨거운 공기에 의해 작동된다. 이 프로펠러에 톱니를 물려 석쇠가 돌아가게 한다. 불의 세기에 따라 프로펠러의 회전 속도를 조

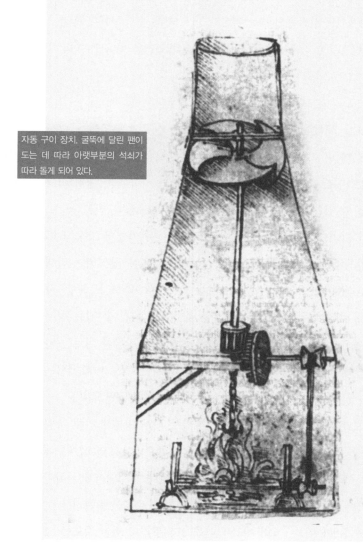

자동 구이 장치. 굴뚝에 달린 팬이
도는 데 따라 아랫부분의 석쇠가
따라 돌게 되어 있다.

절할 수 있다. 레오나르도가 고안한 이 장치는 현재 밀라노 과학기술박물관에 전시되어 있다.

레오나르도는 언제라도 끓는 물을 사용할 수 있는 장치도 만들었다. 일명 온수 보일러 장치다. 긴 강철 파이프를 동그랗게 말아 재 속에 파묻고 계속 물을 채워준다. 이 장치는 할머니 한 분이 물솥에 불을 때는 것보다는 비효율적이었지만 때가 되면 효력을 발휘할 것이라는 소신을 갖고 있었다.

주방 바닥을 늘 청결하게 유지하기 위한 장치는 이렇다. 회전식 솥을

산드로와 레오나르도의 세 마리 개구리 깃발 식당

주방에 음악을 제공하기 위해 레오나르도가 고안한 반자동 북. 핸들에 연결된 톱니바퀴가 움직이면서 작동된다.

힘든 절구질에서 벗어나기 위해 고안해낸 다기능 혼합기. 핸들, 톱니바퀴 등을 통해 작동된다. 레오나르도 당시에는 생활에 응용되지 못했지만 레오나르도가 죽은 지 30년 되는 해에는 밀라노 순대 공장에서 거의 비슷한 형태의 기계가 사용되었다고 한다.

소 두 마리에 잡아맨다. 솥의 지름은 1.5미터, 너비는 2.5미터이다. 솥 후미에 삽을 매달아 솥이 쓸어 모은 것을 받아낸다. 이 장치는 물론 빗자루를 든 노인네가 차지하는 공간보다 훨씬 넓은 공간을 차지했지만 꽤쓸 만한 것으로 판정되었다.

주방에 설비한 수도 시설, 돼지처럼 덩치가 비교적 작은 짐승을 도살하는 장치 등에서 레오나르도의 천재성은 유감없이 발휘되었다. 특히 바람을 이용한 빵 자르는 장치는 경탄할 만한 것이었다. 이 장치는 빵을 잘게 썰어 막대기에 줄줄이 꿰는 것이었다.

그러나 레오나르도가 고안한 장치들은 하나같이 덩치가 어마어마하게 큰 것이었기 때문에 주방 공간을 늘리지 않을 수 없었다. 그래서 레오나르도는 루도비코에게 주방에 인접한 무기고, 대연회장, 루도비코 어머니가 사용한 방 등을 터서 주방과 식품 저장고로 사용할 수 있게 해달라고 요청했다.

레오나르도는 핸들이 달린 반자동 북을 고안해 주방에서 음악을 들을 수 있게 했다. 또한 레오나르도가 '입풍금'이라고 명명한 악기도 고안했다.

김과 연기와 냄새를 제거하기 위한 장치는 아주 간단한 것이었다. 커다란 풀무를 천장에 고정시킨 것으로 말의 힘으로 핸들을 조작하면 작동되었다.

마실 물을 담아두는 통에서 개구리를 쫓아내는 기구는 용수철을 이용한 간단한 덫이다. 이 덫에 개구리가 걸려들면 덫에 설치된 망치가 개구리 머리를 두드려대기 시작한다. 얼이 빠진 개구리는 물통에 뛰어들 엄두를 내지 못한다.

이 밖에도 레오나르도가 주방용으로 고안한 혁신적인 기구는 많다. 이 천재는 주방에 인공 비를 내릴 수 있는 장치도 고안했는데 이 장치가 바로 요즘 건물 내부의 스프링클러 장치이다.

레오나르도는 수많은 주방기구를 발명하기는 했지만 그 모두가 완벽하게 작동한 것은 아니었다. 이론적으로는 나무랄 데가 없었지만 실제로 제작해 사용하기에는 곤란한 점이 많았던 것이다.

이제 레오나르도는 자신의 원대한 꿈을 실천에 옮기기 시작했다. 대대적인 주방 개보수 작업이 시작된 것이다. 기존의 벽을 허물고 새로 벽을 쌓았다. 레오나르도의 요청으로 대연회장이 공사에 들어가는 바람에 루도비코를 비롯한 궁정 식구들은 야외에서 식사를 하거나 친구 집을 전전해야 했으며, 심지어 비제바노에 있는 별장으로 피신해야 했다.

주방 공사가 절정에 이르는 순간 레오나르도에게 화가로서의 임무가 주어졌다. '성모 무원죄 잉태 형제회'는 밀라노에서 유명한 종교단체였다. 워낙 세력이 막강한 단체인지라 어느 누구도 이 단체의 청을 거절하지 못했다. '형제회'는 성 프란체스코 교회에 거대한 패널화를 그리기로 결정하고 중앙 패널 그림을 레오나르도에게 그려달라고 요청했다. 요리에 푹 빠져 있을 때는 어떤 그림도 그리지 않겠다고 맹세한 레오나르도에게는 골치 아픈 문제였다. 레오나르도는 피렌체를 떠나올 때 챙겨온 그림

산드로와 레오나르도의 세 마리 개구리 깃발 식당

레오나르도 다빈치와
그의 제자 살라이.

한 점(《바위산의 성모》)으로 대신할 수 없겠냐고 '형제회'에 제안했다. 그러나 '형제회'가 그림을 검토한 결과 크기가 맞지 않았다. 결국 레오나르도의 결심을 확인한 '형제회'는 절충안을 내놓았다. 패널화에 맞는 크기로 사본을 한 장 뜨라는 것이었다. 레오나르도는 온갖 주방기구 도안에 파묻혀 사본을 뜨기로 했다.

주방 공사 감독하랴, 그림 그리랴, 거기다 주방 준공식 때 내갈 요리 준비하랴, 그야말로 눈코 뜰 새가 없었다. 자신이 개발한 '예쁜 당근 요리'로 루도비코를 만족시킬 수 없음을 잘 알고 있던 레오나르도는 밀라노 전통 요리를 준비해야 했다. 레오나르도는 수만 가지 요리를 개발했고, 오만 가지 소스를 맛보았고, 맛있는 순대를 찾아 사방팔방을 헤매었다.

드디어 주방 공사가 마감되었다. 요리에 대해서라면 자부심이 대단했던 레오나르도는 준공식 연회 때 상추 잎 두 장에 조각한 사탕무를 얹은 요리를 내기로 했는데, 사탕무는 누가 보더라도 루도비코의 얼굴 모양임을 알아볼 수 있는 것이어야 했다. 문제가 없을 수 없었다. 주방 식구들이 반기를 들었다. 자기네는 요리사지 조각가가 아니라며 뻗대었다. 할 수 없이 레오나르도는 조각가들을 수소문해 불러와야 했다. 더 큰 문제도 있었다. 레오나르도가 고안해낸 살수 장치는 작동 구조가 워낙 복잡해 한번 작동했다 하면 멈출 방법이 없었다. 심지어 제멋대로인 '기계'들과 대결하기 위해서는 갑옷이 필요하다고 억지 주장을 펴는 주방 식구도 둘이나 있었다.

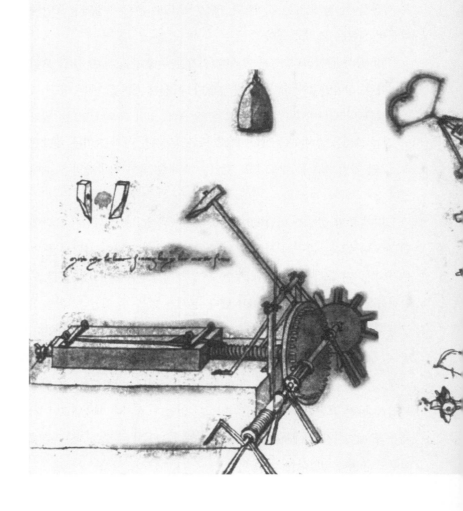

식수통에서 개구리를
몰아내기 위한 장치.
개구리가 덫에 걸려들
면 위에 있는 망치가
개구리 머리를 친다.
개구리가 의식을 잃을
때까지.

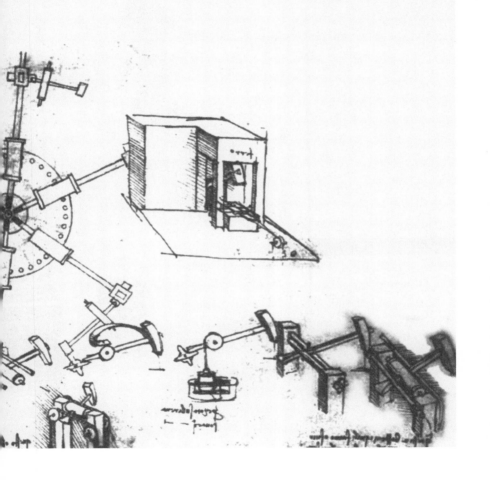

레오나르도가 고안한 후추를 가는 도구.

이런 다툼이 오가는 동안 루도비코의 손님들은 대연회장에 입장해 자리를 잡았다. 공간이 너무 넓어서인지 식탁이 초라해 보일 지경이었다. 루도비코와 손님들은 한 시간 동안이나 하릴없이 기다려야 했다. 바로 그때 주방에서 떠들썩한 소리가 들려오기 시작했다. 고함소리, 터지는 소리, 삐걱거리는 소리, 쿵쾅거리는 소리. 루도비코는 수행원을 몇 명 대동하고 현장으로 달려갔다.

당시의 광경은 스포르차 궁전에 파견된 피렌체 대사 사바 다 카스티글리오네 디 피에트로 알레만니의 보고서에 정확하게 기록되어 있다. 요약해보면 이렇다.

레오나르도 선생의 주방은 그야말로 난장판이었습니다. 루도비코 각하께서는 이렇게 말씀하셨습니다.

"사람의 노동력을 아끼기 위해 지난 수개월 노력해온 결과가 이렇다. 이전에는 주방에 요리사 스무 명만 있어도 충분했는데 이제는 근 백 명이나 되는 놈들이 바글거리고 있다. 내가 보기엔 요리라고 시늉이라도 내는 놈은 없고 하나같이 주방 바닥과 벽을 차지한 거대한 기계에 매달려 있다. 어떤 기계도 원래 의도했던 대로 작동하는 것은 없는 것 같다."

주방 한구석에 거대한 물통이 있었는데 폭포수처럼 물을 쏟아내 주방 바닥을 호수로 만들고 말았습니다. 길이가 3.5미터나 되는 풀무가 공중에 매달려 연기를 빼내려고 애를 쓰고 있었으나 결과는 불난

집에 부채질하는 꼴이었습니다. 이리저리 날아다니는 불티를 물통을 든 사람들이 잡아보려 하나 헛수고였습니다. 게다가 천장 네 귀퉁이에서는 끊임없이 물이 줄줄 새고 있었습니다.

이 난장판에 말과 소도 한몫 거들었습니다. 사방으로 날뛰는 놈이 없나, 바닥을 쓸겠다고 헤매고 다니는 놈이 없나. 모두 맡은 바 임무에 열중하는 모습이기는 했습니다. 그러나 청소한답시고 말이 지나간 자리는 더욱 엉망이 되고 그러면 사람들이 달려들어 마무리를 해야 했습니다.

소를 잡는 기구도 있었습니다. 반쯤 죽은 소가 틀에서 빠져나오려고 발버둥치고, 사람들은 지렛대로 틀에 낀 소를 빼내려고 애쓰고 있었습니다. 레오나르도 선생이 발명했다는 장작 나르는 기계도 장작을 나르는 데 너무 열중해 멈출 줄을 몰랐습니다. 예전 같으면 두 사람이 장작을 안으로 나르면 됐을 것을 이제는 열 명이 나서 들여온 장작을 다시 밖으로 내가고 있었습니다.

우리가 들었던 고함소리는 바로 이 소동 때문이었습니다. 사람들이 도무지 갈피를 못 잡고 서로 엉겨붙어 소리소리 지르고 있었던 것입니다. 불씨를 쓰지 않고 불을 붙이겠다고 발명한 가루가 터지는 소리, 이것으로 부족할세라 북이 올리는 소리가 더해졌습니다. '입풍금'을 부는 사람들은 이미 숨이 막혀 뻗어버린 것 같았습니다.

다시 말하지만 레오나르도 선생의 주방은 난장판이었습니다. 루도비코 각하께서 언짢아하실 게 분명합니다.

소를 잡는 기구.

루도비코 일행이 식탁으로 돌아오자 사색이 된 레오나르도가 나타나서 사탕무 요리가 준비되었다고 보고했다. 물론 소동을 일으킨 것에 심심한 사의도 표명했다. 레오나르도의 재능을 아끼는 루도비코는 레오나르도가 심기일전할 수 있는 기회를 주기로 했다. 루도비코는 레오나르도에게 시골로 내려가 세실리아 갈레라니(루도비코의 연인)의 초상화(크라코비아 차르토리스키 박물관에 소장된 〈족제비 여인〉)를 그리라고 명령했다.

레오나르도가 시큰둥하게 스포르차 궁전 귀부인들의 초상화에 매달

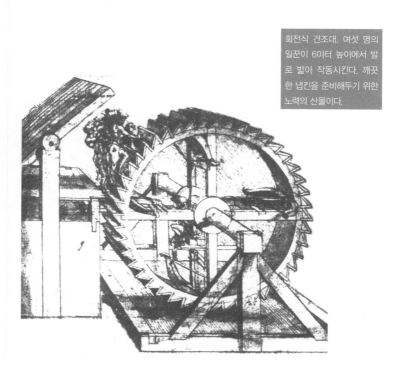

회전식 건조대. 여섯 명의 일꾼이 6미터 높이에서 발로 밟아 작동시킨다. 깨끗한 냅킨을 준비해두기 위한 노력의 산물이다.

냅킨을 접는 다양한 방법. 새 모양, 꽃 모양, 궁정 모양 등 그야말로 다양하다.

렸던 몇 년 동안 궁전 주방은 비교적 안정을 누릴 수 있었다. 레오나르도는 그림을 그리지 않아도 되는 핑곗거리를 찾아 요리 재료를 이용해 교량과 성채 모형을 제작하고자 했지만, 주변 사람들은 레오나르도를 주방에서 떨어져 있도록 하려고 무진 애를 써야 했다. 우리가 〈위대한 말〉이라는 작품 명으로 알고 있는 점토 기마조각상도 이때 시도한 것이다(그러나 이 작품은 미완성으로 끝났다. 루도비코가 조각상 제작에 필요한 청동에 돈을 쓰지 않겠다고 했기 때문이다). 거대한 네덜란드 겨자 추수기도 이때 발명한 것이다. 하지만 스포르차 궁전 근처 네덜란드 겨자밭에서 시험 운행하던 중 기계가 마구 날뛰는 바람에 주방 식구 여섯과 정원사 셋을 희생시켜야 했다. 다행히 루도비코가 프랑스 군대와 싸울 때 이 기계를 유용하게 사용해 희생에 대한 보상을 어느 정도 받을 수 있었다.

그즈음 레오나르도는 가장무도회 준비를 허락받고 큰 위로를 얻었다. 1490년, 루도비코의 생질인 잔 갈레아초 공작이 나폴리 왕의 손녀딸 아라곤의 이사벨과 혼인식을 치른 것이다. 레오나르도는 널따란 궁정 마당을 요정들이 사는 숲으로 바꾸었다. 수많은 하인들이 들짐승으로 분장했다(이때 디자인한 의상들 중 상당수가 영국 윈저 궁 컬렉션에 소장되어 있다). 레오나르도는 복잡한 그물망을 특별히 고안해 새로 분장한 하인들이 공중제비를 할 수 있게도 했다. 결혼 피로연 막간 여흥을 위해서 곡예사, 불 먹는 사람, 난쟁이, 배꼽춤 무용수 등을 별스럽게 꾸며 식탁 사이를 돌게도 했다. 이런 노력을 기울였음에도 정작 레오나르도 자신은 피로연 요리에 참견할 권리를 얻지 못했다. 피로연 후에 궁정시인 베르나르도 벨린치오니가 쓴 〈천국〉이라는 연극 공연이 있었다. 이 연극에서도 레오나르도는 한몫 했다. 레오나르도는 공중에 떠 있는 별들을 디자인했고, 허공에서 떨어져 내리는 6미터 높이의 폭포를 구상했고, 하늘 높이 사라지는 코끼리를 만들었다.

2년 후 이전보다 더 성대한 무도회를 꾸밀 수 있는 기회가 레오나르도에게 찾아왔다. 루도비코가 베아트리체 데스테와 혼인식을 올리게 된 것이었다. 레오나르도는 무도회를 둥근 천막 안에서 치르려고 했다. 스포르차 궁전에 70미터 길이의 천막을 치고 케이크, 옥수수죽, 호두, 건포도, 온갖 색깔의 마지팬(marzipan; 아몬드 가루와 설탕을 주재료로 한 점토질처럼 부드럽고 연한 반죽)을 이용해 거대한 구조물을 세웠다. 혼인식에 초대받은 손님들은 케이크로 만든 문을 통과해 케이크로 만든 의자에 앉아 케이크로 만든 식탁 위에 놓인 케이크를 먹어야 했다.

여기서 레오나르도가 전혀 예상하지 못한 사태가 벌어졌다. 밀라노의 쥐와 새가 모조리 몰려들었던 것이다. 혼인식 전날 밤 밀라노 주변의 모든 쥐와 새가 떼를 지어 몰려들었다. 루도비코의 하인들은 밤을 새워가며 이 침략자들과 맞서 싸워야 했다. 날이 밝았다. 이런 난장판이 따로 없었다. 허리까지 차오른 빵 부스러기와 쥐들의 시체로 옴짝달싹할 수 없게 되었다. 혼인식은 자리를 옮겨 치러야 했다.

이번에도 루도비코는 레오나르도에게 관대했다. 신부의 덕을 본 것이다. 레오나르도가 베아트리체의 초상화를 멋지게 그려냈던 것이다. 레오나르도의 장기 중 하나인 수수께끼 놀이도 신부의 호감을 사는 데 한몫 왼손잡이용 병마개뽑이. 레오나르도는 이 작업 후에 곧바로 '병마개꽂이'를 고 안해냈지만 거의 사용되지는 못했다. 당시에는 주로 밀랍을 이용했다.

했다. 루도비코는 다시 한 번 기회를 주어 팔방미인 레오나르도가 실의
에 빠지지 않게 했다. 루도비코는 잠시 동안 산타 마리아 델레 그라치에
수도원에 가 있으라고 했다. 스포르차 궁전에서 가까운 곳이었고, 마침
수도원 식당 벽에 벽화를 그릴 화가를 구하고 있었다. 이렇게 해서 탄생
한 벽화가 바로 〈최후의 만찬〉이다. 레오나르도는 이 일에 3년을 매달
렸다.

2_

eda daVinci

최후의
만찬

수도원장이
　　　　요청한 그림의 주제는 레오나르도의 구미를 당기는
것이었다. '만찬'과 '요리'. 레오나르도는 식당 벽을 지그시 바라보았다. 어떻
게 그릴 것인가. 특히 상 위에 놓일 '요리'에도 신경을 써야 한다. 많은 화가
들이 이 주제에 달려들었지만 숭고한 주제에 주눅이 들어 상 위에 놓일 요
리에는 별다른 신경을 쓰지 못했던 것이다.

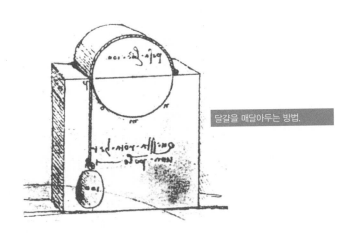

달걀을 매달아두는 방법.

레오나르도는 사람의 힘을 낭비하는 데에는 질색이었다. 왼쪽 그림은 수백 년을 이어온 호두 까는 방법이다. 호두를 줄에 매달아 땅바닥에 패대기치거나 커다란 망치로 내리치는 식으로 힘들게 호두를 깠던 것이다. 아래의 그림은 아주 간단하게 호두를 까는 방법이다. 세 마리 말이 빙빙 돌면서 압착기를 돌리면 끝이다.

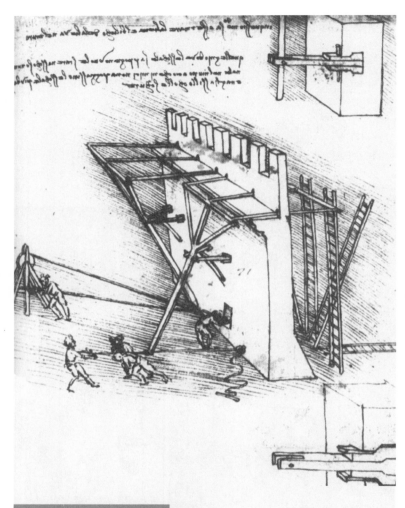

레오나르도가 루도비코 스포르차와 베아
트리체 데스테의 혼인식을 위해 만든 70미
터 길이의 구조물. 케이크, 옥수수죽, 호두,
건포도, 온갖 색깔의 마지팬을 이용했다.

처음 1년간 레오나르도는 그저 수도원과 궁전을 왔다 갔다 할 뿐이었다. 수도원에 머무를 때도 가끔씩 식당에 들어가 벽을 지그시 바라만 볼 뿐이었다.

1495년이 저물어갈 무렵, 레오나르도는 수도원장에게 이렇게 부탁한다.

"식당에 긴 식탁을 들여주고 먹을 것을 상 위에 차려주십시오."

레오나르도는 날이면 날마다 제자들과 함께 식당을 찾아가 그림은 그리지 않고 상 차리는 일에만 열중했다.

1496년 성주간(聖週間), 참다못한 수도원장이 루도비코에게 항의 편지를 보냈다.

각하, 각하께서 레오나르도 선생을 보내주신 지도 어언 열두 달째입니다. 하지만 이 선생이라는 작자, 벽에 물감칠 한번 하지 않았습니다. 각하, 요즘 저희 수도원 술창고가 큰 손실을 보고 있고 이제 거의 바닥을 드러내고 있습니다. 레오나르도 선생이 걸작에 걸맞은 포도주를 찾아내겠다며 하나하나 맛을 보고는 모조리 퇴짜를 놓고 있는 것입니다. 저희 수도사들이 굶주림에 허덕인 지도 오래입니다. 이 레오나르도 선생이 밤낮 주방을 들락거리며 상 위에 차릴 '요리'를 만든다고 설쳐대는 바람에 그런 것입니다. 이 사람은 만족을 모릅니다. 아니다 싶으면 하루에도 두 번씩이나 제자와 하인 등을 불러 싹쓸이로 먹어치웁니다. 각하, 어서 작업을 서두르라고 재촉하소서. 레오나르도 선생 일당이 우리 모두를 결딴낼까 두렵사옵니다. 통촉하소서.

그로부터 아홉 달이 지난 1497년 정월, 구르크의 주교 레몽 페로가 수도원으로 레오나르도를 찾아갔다. 레몽 페로 주교가 인스부르크의 윗사람들에게 보낸 보고서는 위 수도원장의 불평이 진심이었음을 증명한다.

레오나르도 선생은 벽에 식탁 하나와 기둥 몇 개만 달랑 그려놓고 있었다. 레오나르도 선생 주변에는 심부름꾼들이 여럿 부지런을 떨고 있었는데, 그렇게 보아서 그런지 물감을 탄다, '요리'를 나른다, 포도주 통을 나른다 하고 있었다. 레오나르도 선생은 그림을 그리기 전에 이 것들을 이리저리 놓아보고는 한 장면을 그리고 나면 얼른 먹어치웠다. 수도원장은 애초부터 이런 식이었다고 성질을 부렸다. 레오나르도 선생은 오로지 상 위에 올린 '요리'에 관심을 보였지 상을 둘러앉은 인물들에 대해서는 신경도 쓰지 않는 듯했다.

그림 하나를 그리는 데 2년 9개월이라는 시간은 너무 긴 세월이다. 그래도 그동안 요리라는 요리는 모두 맛보았을 것이다. 이때 레오나르도가 즐긴 요리는 주로 이런 것이었다. 잘게 썬 당근을 곁들인 삶은 달걀, 풋참외꽃으로 치장한 검둥오리 넓적다리, 자잘한 빵, 뭇국, 장어 요리. 〈최후의 만찬〉이 상 위에 차린 소박한 요리 때문에 걸작으로 인정되었다고 주장한다면? 각자의 판단에 맡긴다. 이제 겨우 상 위에 차릴 요리 선별 작업이 끝났다. 일단 요리가 결정되자 나머지 과정은 일사천리로 진행되었다. 단 3개월 만에 작업이 끝난 것이다. 물론 계약 기간이 다 된 탓도 있었다. 그림을 자세히 보면 인물들 앞에 놓인 잔이 많이 비어 있는데, 그 이유는 아마도 작업 전에 '레오나르도 선생 일당'이 수도원 포도주를 대부분 마셔버렸기 때문이었는지 모른다.

어쨌든 벽화는 마무리되었다. 그러나 제자들이 벽을 제대로 관리하지 못해 레오나르도가 인물을 그려 넣는 그 순간에 미리 그려놓은 '요리'가 벽에서 튀어나오기 시작했다. 2년 후 프랑스 왕 루이 12세가 이 벽화를 보

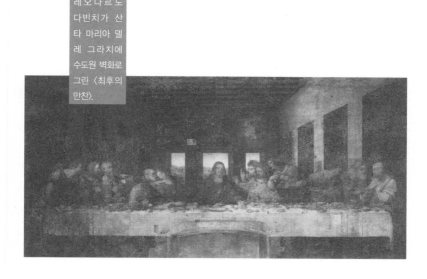

레오나르도 다빈치가 산타 마리아 델레 그라치에 수도원 벽화로 그린 〈최후의 만찬〉.

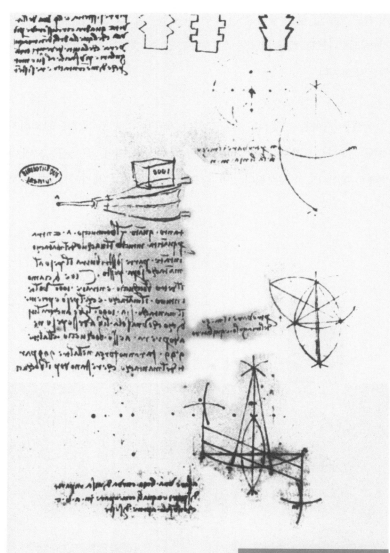

풀무를 이용해 달걀을 부풀리는 방법.

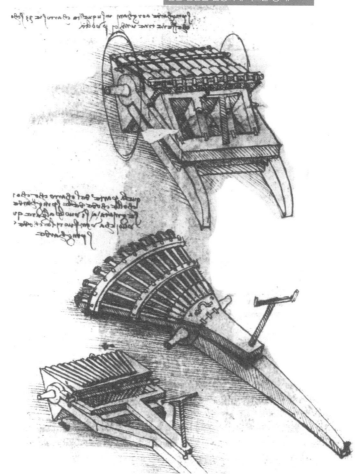

삶은 달걀을 균등하게 자르는 장치.

최후의 만찬

고는 고작 "옛날고리짝 때 그림이로군."이라고 평했다는 설도 있다. 사람들이 레오나르도의 작품이라고 하자 거짓말 말라고 했다는 것이다.

요리에 대한 레오나르도의 주체할 수 없는 관심은 〈최후의 만찬〉을 그릴 때 절정에 이르렀다. 레오나르도는 〈최후의 만찬〉을 그리면서 요리에 일가견을 갖게 되었고, 그래서 이제 요리에서 벗어나 다른 관심거리로 눈을 돌렸다.

레오나르도는 상당한 명성을 얻었지만 경제적으로는 곤란에서 벗어나지 못했다. 1495년, 레오나르도는 봉급이 밀리자 이에 항의하는 편지를 루도비코에게 보냈다.

> 각하, 저는 지난 36개월 동안 고작 50두카도로 여섯 입을 부양해왔습니다. 제 귀에 들리기로는 그동안 각하께서는 정기적으로 봉급을 지급했다고 합니다. 도공(陶工), 종지기, 포수(砲手) 등 하찮은 직에 종사하는 사람들에게는 말입니다.

레오나르도가 제자와 하인들과 '일당'을 이루어 수도원 음식을 먹어치운 데는 다 이유가 있었던 것이다. 레오나르도가 그 일당을 먹여 살리기 위해 성내의 빈방을 이용해 식당을 개업했다는 소문도 한때 돌았다. 만일 루도비코가 이 소식을 들었다면 자신의 무심함에 얼굴을 붉혔을 것이다. 당시 루도비코는 프랑스군의 밀라노 침략에 대비해 돈을 아낄 수밖에 없었다. 루도비코는 무심함에 대한 속죄의 표시로 레오나르도에게 밀라노 외곽에 있는 자그마한 포도밭을 선물했다. 그러나 다른 화급한 일로 레오나르도는 손수 포도밭을 가꿀 수 없었다. 프랑스군의 공격이 임박해오자 루도비코는 레오나르도에게 밀라노 주변 성곽을 조사해 보수하도록 지시했다. 성곽에 대한 백지 위임장을 써준 것이었다.

레오나르도는 성곽 순례에 나섰다. 그러나 돈 문제 때문에 생긴 앙금이 가라앉지 않았는지, 아니면 아직 여유가 있다고 판단했는지 레오나르도는 새로운 요리법 개발을 위해 성곽 창고를 모조리 비워내고 주방으로 꾸며버렸다. 이듬해, 마침내 프랑스군의 공격이 시작되었고 주변 성곽은 속절없이 루이 12세의 수중에 떨어지고 말았다. 밀라노 군대는 레오나르도가 자기 밭에서 제조해 지휘관들에게 강제로 팔아넘긴 포도주에 인사불성이 되어 있었던 것이다. 다행히 레오나르도가 고안한 네덜란드 겨자 추수기가 발군의 실력을 발휘해 프랑스군에게 상당한 피해를 입힐 수 있었다. 루도비코는 포로로 잡혔다. 레오나르도는 프랑스군 지배하에서 프랑스 요리로 배를 채워야 하는 불편을 모면하기 위해 밀라노를 탈출해 베네치아로 건너갔다. 요리 대장정에 나선 것이다.

그로부터 15년 동안(1500~1516) 레오나르도는 편할 날이 없었다. 처음 6개월은 피렌체 아눈치아타 수도원에 머물렀다. 레오나르도와 그 제자들은 수도사들에게 그림을 그려준다는 조건으로 거처를 마련했던 것이다. 레오나르도는 이 6개월 동안 겨우 물감이나 타고 있었지 그림이라고는 시작도 하지 않았다. 레오나르도는 축성 자문관으로 보르자가(家)에서 잠시 머문 후 피렌체로 돌아왔다. 이번에는 자발적으로 그림을 그리기 위해서였다. 〈모나

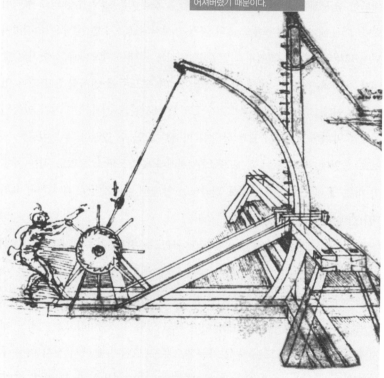

스파게티용 면발을 뽑기 위한
장치. 당시의 밀가루 반죽은 되
고 거칠었다. 그래서 가는 면발
을 얻기 위해서는 잡아 늘이는
수밖에 없었다. 이론상으로는
그럴싸했으나 실제는 불가능했
다. 반죽을 잡아 늘이자마자 끊
어져버렸기 때문이다.

리자〉. 모나리자는 프란체스코 델조콘도라는 장사꾼의 부인이었다. 레오나르도가 꼬박 1년 동안을 이 작업에 매달린 이유는 아무도 모른다. 과거에는 이런 일이 한 번도 없었다.

그 후에도 여러 가지 일거리가 있었다. 피렌체 의원회관 벽화를 그릴 때의 일이다. 다른 사람들은 맡은 일을 다 끝냈지만 레오나르도는 새로운 작업 도구(접을 수 있는 발판)를 구상하느라 붓 한번 손에 잡아보지 못했다. 그러던 중 프랑스 루이 왕의 호출을 받고 밀라노로 돌아왔다. 1509년, 레오나르도는 일군의 화가를 지휘하게 되었다. 루이 왕이 베네치아와 치열한 전투를 벌이는 동안 레오나르도는 프랑스 왕이 새로운 승리를 거둘 때마다 베네치아 사자를 프랑스 붓꽃으로 바꿔 그려야 했다. 프랑스 왕은 다시 레오나르도를 운하 건설에 동원했다.

언제 어디에서인지는 알 수 없지만 프랑스 왕은 식도락가로서의 레오나르도를 발견하게 되었다. 이에 부응하느라 레오나르도는 '스파게티'를 발명했다. 그야말로 콜럼버스의 달걀이었다. 200년도 전에 마르코 폴로가 중국에서 스파게티와 비슷하게 생긴 것을 가져왔다. 바로 국수였다. 마르코 폴로는 국수가 먹거리라는 사실을 빼먹고 사람들에게 알려주지 않았다. 그래서 대부분의 사람들은 국수를 식탁 장식용으로 사용해오던 중이었다. 우리가 지금 파스타로 알고 있는 것도 아주 오래전부터 나폴리와 이탈리아 남부 지방에 알려져 있었다. 물론 요즘처럼 국숫발이 가는 것이 아니라 빈대떡처럼 넓적한 것이었다. 레오나르도는 단지 모양새를 조금 바꾼 것이다. 자신이 고안한 기계를 이용해 반죽을 실처럼 길게 뽑아 적당한 길이로 잘라 끓는 물

〈모나리자〉, 레오나르도가 피렌체의 부호 프란체스코 델조콘도의 부인 엘리사베타를 그린 초상화. 정숙한 여인의 신비스러운 미소로 유명하다.

에 삶는다. 바로 스파게티다. 레오나르도가 붙인 이름이 재미있다. '스파고 만지아빌레', 즉 '먹을 수 있는 끈'이다.

그러나 별로 환영을 받지는 못했다. 국수를 삶아 접시에 담다 보면 온통 엉클어지는 바람에 나이프로 가지런히 정리해서 먹기가 여간 까탈스러운 게 아니었다. 필요는 발명의 어머니. 레오나르도는 일명 삼지창(이가 세 개 달린 포크)을 발명해냈다. 당시 호화저택에는 포크라는 것이 있기는 했다. 그러나 이가 둘 달린 커다란 것으로 주방에서나 사용하는 것이었다. 포크를 발명했음에도 스파게티는 인기를 끌지 못했다. 재주 없는 목수 연장 탓만 한다고, 사람들은 도무지 불편한 것을 싫어했다. 그렇다고 입에다 떠먹여줄 수는 없는 노릇. 레오나르도는 포기하지 않았다. 스파게티와 국수 뽑는 기계에 너무나 애착을 가진 나머지 그 도안을 두툼한 노트에 잘 갈무리해두고 평생을 손에서 놓지 않았다.

1516년, 레오나르도는 연속되는 실패와 고난 속에서 시들어갔다. 프랑스 왕 루이 12세의 뒤를 이은 청년 왕 앙리는 예술 옹호자로서 이름을 떨치고자 했다. 앙리는 레오나르도라는 인물에 대해 얘기를 듣고 곧바로 '먹을 수 있는 끈'에 매혹되었다. 레오나르도의 연봉은 대폭 인상되었고, 살림집으로 자그마한 성채도 하나 주어졌다. 레오나르도에게는 더할 수 없는 기쁨이었다. 이제 마음대로 사용할 수 있는 '주방'을 차지하게 된 것이다. 이탈리아에서 괄시받았던 레오나르도는 당장 프랑스 왕을 따라나섰다. 레오나르도는 짐을 몽땅 꾸려 나귀 등에 싣고 알프스를 넘었다. 레오나르도는 다시는 새로 그림을 그린다거나 요리에 대해 토를 단다거나 하는 일은 하지 않았다.

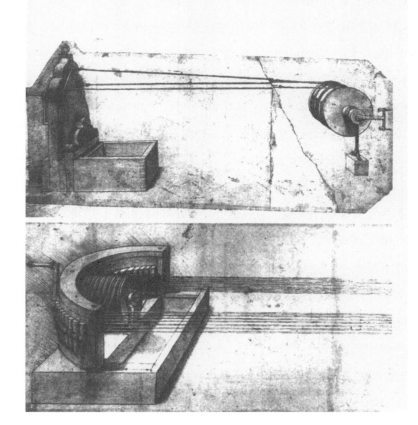

이제까지 모아왔던 것을 백과사전으로 정리하고자 했던 것이다.

그러나 생각만큼 일이 수월하게 풀리지 않았다. 그 이유는 이렇다. 공공연한 비밀이었지만 프랑스 왕은 대단한 식도락가였다. 왕은 자신의 입맛을 만족시키기 위해 레오나르도를 이용해 먹었다. 왕은 왕궁과 레오나르도의 집을 연결하는 땅굴을 팠다. 왕은 날이면 날마다 레오나르도를 찾아왔다. 그러고는 둘만의 은밀한 만찬을 즐겼다. 방방곡곡에서 요리 재료를 들여왔고, 레오나르도 자신이 손수 텃밭을 일구기도 했다. 지금까지 작업을 찬찬히 정리하려 했던 레오나르도로서는 한심한 노릇이었을지도 모른다. 그래도 평생 꿈꾸어왔던 삶을 누리기는 했다.

레오나르도가 프랑스 왕의 요청을 거절한 것은 단 한 번뿐이었다. 왕은 수차에 걸쳐 스파게티의 비밀을 캐내려고 했다. 그러나 레오나르도의 저항은 완강했다. 왕은 스파게티를 프랑스 국민 요리로 삼을 속셈이었지만 레오나르도는 그럴 생각이 조금도 없었다. 레오나르도는 스파게티를 자신이 전 인류를 위해 베푸는 최고의 선물로 간주했기 때문에 프랑스 사람들만 즐기도록 허용할 수 없었던 것이다. 그래서 레오나르도는 스파게티에 관해서는 무덤에 갈 때까지 입(그러니까 노트)을 열지 않았다.

프랑스 왕은 또 한 가지 점에서 레오나르도를 실망시켰다. 왕은 내연의 애인(바부 드 라 부르데지에르)을 왕궁으로 끌어들여 레오나르도에게 초상화를 그리도록 명령했다. 레오나르도로서는 성가신 일이었다. 레오나르도는 변명거리를 찾았다.

"관절염 탓에 그림을 그릴 수 없나이다."

레오나르도는 실제로 관절염으로 고생하고 있었다. 그래도 왕은 막무가 내였다. 레오나르도는 할 수 없이 제자에게 그 일을 맡겼다. 그리고 왕이 눈을 치켜뜰 때야 겨우 붓질을 하는 척했다.

그럼에도 요리와 식탐에 있어서는 서로 죽이 맞았다. 안타깝게도 그 당시 즐겼던 요리에 대해서는 기록을 남기지 않았다. 어쩌면 기록을 남겼지만

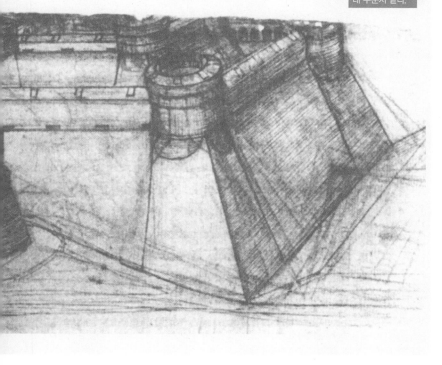

여덟 개의 화덕이
있는 주방 설계
도. 레오나르도가
염원해왔던 주방
이다. 마치 군부
대 주둔지 같다.

아직 찾아내지 못했는지도 모른다. 『코덱스 로마노프*Codex Romanoff*[2]』도 최근 (1981)에야 '발견'된 책이니까 말이다.

레오나르도는 프랑스 왕과 함께 3년을 식도락으로 보내고 1519년에 죽었다. 일설에 따르면 프랑스 왕의 품안에서 숨을 거두었다고 한다.

레오나르도가 요리를 얼마나 사랑했었는지를 보여주는 이야기 하나.

레오나르도는 그의 전 재산이라고 할 수 있는 밀라노 외곽 포도밭을 반으로 갈라 살라이와 바티스타에게 유산으로 남겼다. 바티스타는 레오나르도의 개인 요리사였고 살라이는 레오나르도의 식사 당번을 겸한 제자였다.

2) 『코덱스 로마노프*Codex Romanoff*』는 1981년 상트페테르부르크의 에르미타주 박물관에서 발견되었다. 발견 당시에는 레오나르도 다빈치의 작품인지 아닌지 논란이 많았으나 1982년 진품으로 확인되었다. 레오나르도가 요리에 대한 단상을 적어놓은 노트(레오나르도의 노트를 '코덱스'라고 부름) 가운데 현재까지 유일하게 남아 있는 것이다. 19세기에 러시아의 로마노프 왕가가 레오나르도의 그림을 수집할 때 함께 구입했기 때문에 『코덱스 로마노프』라고 불린다.

'루도비코 어르신'
루도비코 스포르차(Ludovico
Sforza). '모로인'이라는 별명
으로 유명한 밀라노 총독으로
1481년에서 1499년까지 레오
나르도 다빈치의 후견인이었
음. 1495년 동생 잔카를로 사
후 밀라노 대공으로 임명됨.

'살라이'
잔 자코모 카프로티 디 오레
노(Gian Giacomo Caprotti di
Oreno). 1490년부터 다빈치의
견습공으로 일함.

'베아트리체 마님'
베아트리체 데스테(Beatrice
d'Este). 1493년 루도비코와
결혼함.

'바티스타'
다빈치의 전용 요리사(여성).

바르톨로메오 스카피(Bartolomeo Scappi)의 『요리책』에 실린 그림. 이 책은 교황 피오 5세의 '은밀한 주방'에 대한 것이다. 이 책을 보면 밀라노의 스포르차 가문에서 어떤 음식을 어떻게 먹었는지 알 수 있다.

3_

da daVinci

레오나르도
다빈치의
요리노트

루도비코 어르신과 초대 손님들의 식사 태도

우리 루도비코 어르신께는 묘한 취미가 있다. 어르신께서는 손님들 의자에 커다란 리본으로 치장한 토끼를 한 마리씩 묶어두는데, 이는 기름 범벅된 손을 토끼 등에 문질러 닦으라는 배려다. 우리가 사는 시대에 견주어볼 때 실로 합당치 않은 처사이다. 게다가 연회가 끝나면 토끼들을 세탁장으로 몰고 간다. 그러면 토끼들의 악취가 함께 빨래하는 다른 세탁물을 엉망으로 만들어버리고 만다.

내가 보기 민망한 어르신의 버릇은 또 있다. 어르신께서는 자신의 나이프를 꼭 옆 사람 옷자락에 닦는다. 어찌 하여 궁중의 다른 나리들처럼 식탁보를 사용하지 않으시는지 모를 일이다. 식탁보의 목적이 그거 아닌가?

좋은 치즈를 고르는 법

파르마 또는 로마냐에서 나온 치즈의 속이 비었는지를 알기 위해서는(그 지역에는 속이 빈 치즈를 팔아먹으려는 칠칠치 못한 상인들이 많기 때문에) 반드시

흥정을 하기 전에 치즈를 귀에 갖다대고 망치로 가볍게 두드려보면서, 그 소리에 귀를 기울여 울리는 소리가 크지 않은지 살펴보아야 한다. 그래서 속이 꽉 찼다는 확신이 서면 그때 치즈를 산다. 이 비법은 아그놀로 디 폴로라는 친구가 전수해준 것이다. 이 친구는 조각가로서 베로키오 작업장에서는 치즈 애호가로 이름을 얻고 있다.

레오나르도 다빈치의 요리노트

레오나르도가 발명한 회전식 냅킨 건조대. 사
람이 발 디딤판 위에 올라가 작동시킨다. 건조
대가 자동으로 돌게 할 수도 있다.

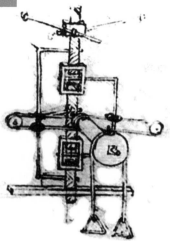

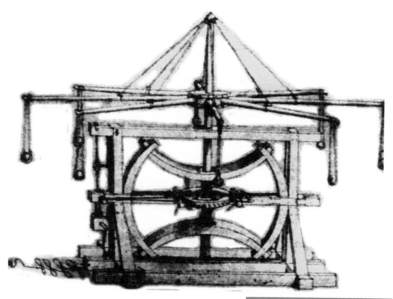

레오나르도가 발명한 또 다른 회전식 냅킨 건조대. 레오나르도의 주장에 따르면 벌의 힘으로 작동된다고 한다.

더러운 식탁보를 대신할 수 있는 것

루도비코 어르신과 그 식솔들이 연회장을 떠난 후 식탁보를 살펴보니 그 꼴이 그야말로 엉망진창이었다. 한바탕 전쟁이 휩쓸고 간 자리가 꼭 그런 꼴일 것이다. 그래서 이제는 말이나 풍경을 그리기 전에 우선 식탁보를 대신할 만한 것이 없는지를 곰곰이 생각해보게 된다.

묘안이 하나 떠올랐다. 식솔들에게 각각 천 한 조각을 나누어준다. 식솔들은 식사 후 손과 나이프를 그 천으로 닦고 얌전하게 접어놓는다. 그러면 식탁은 더럽혀지지 않고 산뜻한 모양을 유지할 것이다. 그렇다면 이 천 조각을 무엇이라 이름할 것인가? 그리고 어떤 모양으로 선보일 것인가?[3]

톱니오리의 넓적다리

톱니오리의 몸체 중에서 넓적다리가 가장 좋은 부위이다. 그리고 구운 톱니오리보다는 삶은 톱니오리가 더 맛있다. 같은 이유로, 톱니오리의 가슴살보다 넓적다리가 더 감칠맛 난다. 톱니오리는 요리하기 전에 먼저 6주 동

---

3) 레오나르도는 냅킨에 대한 생각을 다시는 언급하지 않지만 냅킨을 접는 방법에 대해서는 많은 그림을 남겼다. 1491년에 피에트로 알레만니(밀라노 주재 피렌체 대사)가 쓴 글에 레오나르도와 냅킨에 관계된 재미있는 부분이 있다.

"레오나르도 선생이 루도비코 각하의 궁에서 어떻게 지내는지 알고자 하시니 몇 자 적어봅니다. 최근 선생은 조각이나 기하학 같은 것은 아예 거들떠보지도 않고 루도비코 각하의 식탁보 문제에 매달려 있습니다. 듣기로는 더러운 식탁보 때문에 이만저만 고민이 아니랍니다. 어젯밤에 드디어 대안을 내놓았습니다. 손님들 앞에 천 조각을 하나씩 내놓은 것이었습니다. 식탁보 대신 닦으라는 것이었겠지요. 하지만 레오나르도 선생에게는 안된 일이지만, 어느 누구도 그 쓰임새를 알지 못했습니다. 엉덩이 밑에 깔고 앉는가 하면, 코를 풀어대는 사람도 있었습니다. 그 천 조각을 장난감 삼아 노는 사람도 있었고, 심지어 호주머니에 슬쩍했던 음식물을 그 천 조각에 몰래 싸는 사람까지 있었습니다. 만찬이 끝나자 식탁보는 여느 때와 마찬가지로 엉망진창이 되고 말았습니다. 레오나르도 선생이 이렇게 털어놓았습니다. '꼭 성공할 줄 알았는데, 죽을 맛이다.'라고 말입니다."

안 매달아놓아야 한다. 6주가 지나면 마늘을 우린 물에 넣어 삶는다. 이때 후추만 조금 넣을 뿐 다른 양념은 일절 사용하지 않는다. 다 삶아지면 장미꽃을 우려낸 물을 살짝 부어 식힌다. 고기가 파랗게 변하기 시작하면 먹을 수 있다.

베르나르도 선생의 삶은 소족 요리

나는 베르나르도 선생[4]이 소족을 삶는 모습을 지켜보곤 한다. 선생은 매번 좀 이상한 과정을 거친다. 선생은 우선 골수가 흘러나오지 않도록 소족 양끝을 헝겊으로 묶어 솥에 안친다. 선생이 확신하는 바에 따르면 어떤 소든 막론하고 소족의 골수야말로 가장 귀한 부분이며 우리 신체의 건강에 크게 기여한다는 것이다. 사실상 나도 그 말을 믿는다. 그러나 살이 다 떨어져 나가도록 삶아 뼈다귀만 남은 소족을 골수가 든 상태로 대접하는 그 방식만은 전적으로 수긍할 수 없다. 잘게 썰지 않고 통째로 대접하는 소뼈, 식탁에 앉아 소뼈에 든 골수를 빨아먹기 위해

4) 베르나르도 마기 디 아비아테그라소(Bernardo Maggi di Abbiategrasso)는 스포르차 궁에서 목수들을 관리하던 대목이었다. 레오나르도가 준비하는 궁정 행사를 위해 애를 많이 썼다. 우람한 체격에 힘이 좋은 사람으로, 그가 즐기는 요리를 다른 사람이 먹기에는 힘에 부쳤을 것이다.

si fa lauoreri de latte

neueueji fa

Luochi freschi doue si fa lauoreri de latte

latte mele si fa

애쓰는 사람들을 보면 모두 무슨 옛날 나팔이라도 불고 있는 형국이다. 또한 누군가 그 뼈다귀를 한참 동안 쳐들고 있을 힘이 없어 떨어뜨리기라도 한다면 그 먹던 사람이나 식탁이나 옆에 앉은 점잖은 양반들 모두 엄청난 피해를 당하게 될 것이다. 그럼에도 그 맛이란 기가 막힐 정도다.

아몬드 수프

연한 무를 몇 개[5] 솥에 넣고 삶는다. 여기에 삶은 양 머리를 넣는다. 그러고 나서 소금, 후추, 카민 종자(씨)를 치고 무를 버무린다. 이때 달걀을 넣어 잘 반죽한다. 둥근 모양이나 이런저런 모양으로 빚어 빵가루를 묻혀둔다. 모양을 내어 빚은 반죽 속에 삶은 새끼 양의 불알을 넣는다. 이제 기름을 두른 프라이팬에 넣어 노릇노릇하게 구워 먹는다. 밀라노를 대표하는 이 요리가 무슨 까닭으로 '아몬드 수프'로 불리는지는 알 수 없는 일이다.

물개 요리[6]

물개의 그 온화하고도 동정심을 유발하는 모습 때문에 먹기를 꺼려하

---

5) 당시 대부분의 사람들과 마찬가지로 레오나르도 역시 재료의 양을 정확하게 제시하지 않는다. '몇 개', '조금', '반 움큼' 정도가 고작이다. 아마도 같은 이탈리아 내에서도 지역에 따라 도량형이 달라서 그랬을 것이다. 무게를 재는 가장 작은 단위인 1분(分)이 로마에서는 1.25그램, 피렌체에서는 1.4그램, 밀라노에서는 1.5그램이었다. 길이를 재는 단위도 마찬가지였다. 1브라키오(braccio)가 남부에서는 25센티미터, 북부에서는 45센티미터였다.

6) 15세기에는 물개 종류가 아드리아해에 아주 많았다고 한다. 요즘에는 지중해 사르데냐 동쪽 해안 섬에서 가끔 볼 수 있을 뿐 멸종 위기에 몰려 있다고 한다. 사람들이 잡아먹어서가 아니라 선박에 의한 오염 때문에 그렇다고 한다.

는 사람들이 많다. 그러나 진짜 이유는 그 냄새에 있다. 물개 냄새를 이겨
낼 수 있는 사람들은 구질구질한 냄새를 피우는 라베나 사람들과 어깨를
나란히 할 수 있는 사람들이나, 내 친구 에테로 알란디(이 친구는 말린 매실
과 달콤 쌉싸래한 소스로 냄새를 죽이는 축이다) 같은 사람들뿐이다. 물개는 식
탁에 올리기 전에 웬만큼 공을 들이지 않고는 제대로 먹을 수 없다. 물개
고기는 질길 뿐 아니라 냄새도 고약하다. 내가 보기에는 도저히 어쩔 수 없
는 상황에서나 식용으로 쓸 수 있겠다. 그 냄새란……. 내가 라베나에 가기
를 꺼리는 이유도 바로 그 냄새 때문이다. 라베나에서는 사람들이 그 유명

한 설사약을 만들기 위해 하루 종일 물개 기름을 끓여댄다.[7]

게다가 어른들은 자식들에게 물개 기름을 군입거리로 준다. 그러다 보니 어려서부터 그 비린 냄새에 절어 살게 된다. 몸에 절은 그 냄새를 제거할 수 있는 방법이란 전혀 없다. 그런 형편이다 보니 짝을 찾아도 끼리끼리다.

식탁에 병자를 제대로 앉히는 법

지독한 병을 앓고 있는 사람들은 우리 어르신과 함께 자리를 할 수 없다(병자가 교황의 자제거나 추기경의 생질일 경우는 예외다). 여기서 말하는 지독한 병이란 페스트를 말하는 것은 아니다. 매독이나 연주창에 걸린 사람, 몸이 허해지는 병이나 드러내기 수치스러운 병에 걸린 사람, 고름이 터지거나 상처가 아물지 않은 사람들 말이다. 그러나 병자들이 서열이 낮은 사람들의 정식 동행이거나 저명한 외국인이거나 하면 각자 처지에 맞는 자리를 차지할 수 있다.

딸꾹질로 고생하는 사람이나 콧소리가 유난히 큰 사람, 신경성 발작을 일으키는 사람, 자주 정신을 잃는 사람 역시 우리 어르신께서는 함께하시

---

7) 이 유명한 '라베나 설사약'은 반짝이는 상자에 포장되어 이탈리아 전역에서 판매되고 있다.

기를 꺼려하신다(병자가 교황의 자제이거나 추기경의 생질일 경우는 예외다). 식사 중에 나누는 대화가 피곤해지기 때문이다. 같은 이유로 병자들을 나란히 앉혀서는 안 된다. 병자들은 궁정에서 서열이 낮은 신하들 사이에 적당히 섞어 앉히는 것이 좋다.

그러나 물린 상처가 있는 손님, 난쟁이, 꼽추, 불구자, 스스로 움직일 능력이 없어 식탁까지 남의 도움을 받아 움직여야 하는 사람, 머리가 너무 크거나 너무 작은 사람은 우리 어르신께서 용납하시어 동석을 허락하신다.

페스트에 걸린 사람은 우리 어르신의 시선이 가 닿을 수 있는 곳(손이 닿을 수 있을 정도는 아니다)에 따로 식탁을 차려 앉힌다. 그 식탁은 가장 값싼 나무로 만들어 연회 후에 태워버리도록 한다. 페스트 환자가 사용한 그릇도 연회 후에 없애버린다. 페스트 환자를 시중 든 하인들은 30일 동안 임무를 면제받는다. 페스트에 감염되었는지를 살펴야 하기 때문이다. 30일 후에 이상이 없으면 다시 임무로 복귀한다. 그러나 페스트에 감염되었을 경우에는 모두의 안녕을 위해 즉시 떠나야 한다.

이상적인 주방

우선 불씨를 꺼뜨리지 않고 항상 보존해야 한다. 끓는 물도 언제나 준비되어 있어야 한다. 주방 바닥은 항시 청결해야 한다. 설거지 기구, 빠는 기구, 자르거나 껍질을 벗기는 데 유용한 온갖 종류의 칼도 구비되어 있어야 한다. 김, 연기, 냄새를 제거하여 쾌적한 주방 분위기를 만들 수 있는 기구도 필수 요건이다. 음악도 있어야 한다. 음악이 있는 곳에서는 사람들이 더

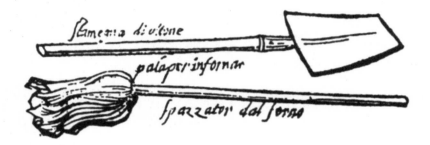

stimezza di vtime

pala per infornar

spazzator del forno

욱 열심히, 더욱 기분 좋게 일하기 때문이다. 마지막으로 먹는 물을 담아두는 물통에서 개구리를 쫓아낼 수 있는 기구도 필요하다.

하얀 푸딩[8)]

페스트 환자나 심장병 환자는 이 요리를 삼가야 한다. 사실 이 요리는 상당히 부담스러운 것이다. 따라서 간장에 이상이 있는 사람이나 담낭에 결석이 있는 사람에게는 해를 입힐 수 있다. 보통 사람이라도 시력이나 신경계에 악영향을 끼칠 수 있다.

먼저 아몬드 껍질을 벗겨 절구통에 넣고 찧는다. 여섯 마리 분의 닭 가슴살을 다져 소량의 양젖을 넣고 주물러

---

8) 이 요리는 닭 가슴살, 설탕, 우유, 쌀가루로 만든 전통 요리의 유사품 정도 된다. 당시에는 설탕과 쌀이 아주 귀했다. 스페인에서 유래한 요리다.

체에 밭쳐 짠다. 여기에 아몬드 반죽을 섞는다. 대략 스무 개 분량의 달걀 흰자, 하얀 빵 몇 조각, 지방질 약간을 첨가한다. 이것을 체로 걸러 프라이 팬에 붓고 볶는다. 잠시 후 석류 씨와 장미수를 넣어 먹으면 된다.

나는 바티스타에게 이렇게 으름장을 놓았다. 이 집구석에서 한 번만 더 이따위 요리를 내놓으면 꼴 보기 싫어서라도 집을 나가버리겠다고.

포도주와 사프란

포도주에 사프란을 섞어 마시면 금방 취하게 된다. 입 냄새도 역겨워질 뿐 아니라 포도주 맛도 이상하게 변해버린다. 어떤 요리책도 포도주에 사 프란을 섞어 마시라고 하지 않는다. 내 친구 가우디오 풀렌테가 왜 그렇게 악착스럽게 이 방법을 써보라고 하는지 도대체 알 수가 없다. 그 친구가 항 상 몽롱하여 냄새를 풍기는 바람에 내가 실수로 친구가 마신 술을 탓하는 지도 모른다. 그렇지 않으면 그 친구에게 무슨 문제가 있을 수도 있다.

말오줌나무꽃으로 만든 케이크(삼부코 파이)

말오줌나무꽃을 '하얀 푸딩' 요리 편에서 소개한 재료와 함께 섞는다. '하얀 푸딩' 편에서보다 반죽이 더 걸쭉하면 꽃을 더 많이 이용할 수 있다. 영양가는 별로 없는 요리다. 그러나 이 요리에 반해 자주 해먹는 사람은 무 한한 기쁨을 누릴 수 있다.

양배추 순과 폴렌타[9]

나는 이 요리가 아주 특별한 요리, 파도바 주변 늪지에 사는 사람들이 즐기는 진미 중의 진미라는 소문을 들었다. 하지만 아무리 명성이 있다 해도 그곳 사람들의 모습으로 봐서는 이 요리에 대해 전혀 믿음이 가지 않는다.

양배추에서 새순을 뽑아낸다. 양배추 안에 살고 있던 거미가 쳐놓은 거미줄을 없애기 위해 솔질을 해준다. 사람들 말에 따르면, 그 거미줄은 조금만 먹어도 끊임없이 구역질이 나며 경우에 따라 전신마비를 일으키기도 한단다. 그럼에도 폰조 지베르티라는 친구는 그런 병을 치료할 수 있는 해독제가 있다고 우리를 안심시킨다. 만일 누군가가 양배추를 먹고 위에서 말한 증상을 보이면 이소포라는 순형과의 향초 잎을 잘게 썰어 흡입하면 된다는 것이다.

파도바 주변 늪지에 사는 사람들은 깨끗이 씻고 세심하게 솔질한 양배추 순을 끓는 물에 담가 2분이 되기 전에 꺼내어 물기를 털어내고 식힌다. 식으면 손가락으로 순을 집어 차가운 폴렌타에 넣는다.

포 계곡에 사는 사람들 사이에는 다른 방법이 사용된다. 그 사람들은 양배추 순을 세 시간 동안이나 삶는다. 경우에 따라 밤새 삶는 수도 있다. 그러고는 냄새가 고약한 양배추 물(그렇게 삶아놓으니 물밖에 더 남을 것이 있겠는가)을 폴렌타와 혼합하여 다진 개구리 뒷다리를 곁들여 마신다.

---

9) 폴렌타는 햇볕에 말린 밀가루를 반죽한 것으로 어느 양념이든 해서 먹을 수 있는 기본 음식이다. 레오나르도 가 살던 당시 유럽인의 주식이었다.

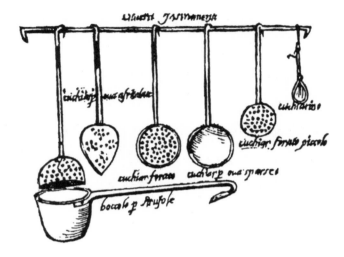

내가 즐기는 폴렌타 요리[10]

- 청어와 고리처럼 자른 생 양파를 곁들인 폴렌타(먼저 청어는 머리 부분
  을 잘라내고 냄비에 삶아야 한다).

- 완숙한 달걀과 정어리를 곁들인 차가운 폴렌타(주의해야 할 점은 죽을
  먹기 전에 잠시 데워야 하며, 정어리와 달걀을 넣기 전에 죽 표면에 기름을 몇

---

10) 레오나르도는 담백한 음식을 즐겨서, 여러 재료를 마구 섞는 일을 대단히 혐오했다. 따라서 '내가 즐기는'이
   라는 표현은 어울리지 않는다. 아마도 다른 사람 얘기를 한 것 같다. 레오나르도의 친구 중에 루카 파치올리
   (Luca Pacioli)라는 사람이 섞어 먹기를 아주 즐겼다는 얘기가 있어 이 친구 얘기가 아닌가 싶다.

방울 쳐야 한다는 것이다).

- 말린 매실을 곁들인 폴렌타(나는 경우에 따라 계핏가루를 조금 쳐서 먹기도 한다).

- 트렌토산(産) 구운 안초비 버터를 곁들인 검은 폴렌타(폴렌타를 만들기 위해서는 포도주와 물을 같은 양으로 사용한다. 죽과 곁들이는 버터의 양은 마음대로 정할 수 있다).

- 돼지 족발과 만토바산(産) 치즈를 곁들인 폴렌타(폴렌타를 대리석판 위에 얇게 펼친다. 얇은 판이 형성되면 적당한 크기로 잘라 잘게 썰어 요리한 족발과 치즈를 넣고 둥글게 만다. 이제 이것을 돼지기름을 바른 프라이팬에 노릇노릇 바삭바삭해질 때까지 익힌다).

폴렌타를 이용한 돼지 꼬리 요리

이 요리야말로 나의 창작품이다. 그런데 마시모 치폴리니라는 친구는 내

가 자기 주방에서 그 비법을 훔쳐갔다고 우긴다.

돼지 스무 마리 분의 꼬리를 구한다. 깨끗이 씻은 후에 뼈를 제거한다. 함부로 다루어 표면에 상처가 나면 곤란하다. 뼈를 발라낸 자리는 빈 속으로 남을 것이다. 이제 이 빈 속을 채워 넣으면 된다. 무엇으로 채울 것인가는 그리 중요하지 않다. 안초비, 지방이 없는 돼지고기 약간 등 쉽게 구할 수 있는 것이면 된다.

돼지 꼬리를 큰 냄비에 넣고 신선한 찬물을 꼬리가 잠길 정도로 붓는다. 이때 미리 으깨어놓은 카네이션 씨와 양파를 몇 개 함께 넣어준다. 한 시간 가량 서서히 끓인다. 한 시간 후 돼지 꼬리를 꺼내 잘 말린 후 압착기에 넣어 물기를 짜낸다. 한두 시간 동안 원래의 모양을 회복할 때까지 그대로 방치한다. 모양이 돌아오면 고운 옥수수 반죽으로 하나하나 옷을 입힌다. 이제 화덕에 걸린 석쇠 위에 30분 정도, 아니면 겉에 입힌 옷이 노릇노릇 바삭바삭해질 때까지 올려놓는다. 이 요리를 내 일가친척 아이들이 무척이나 좋아한다. 그래서 나는 일가친척을 방문할 때마다 손수 이 요리를 만들어내곤 한다.

초에 담근 새 요리

작은 새를 초에 담그는 방법 중 내가 알고 있는 최고의 방법은 이렇다. 먼저 털을 뽑고, 식초와 소금을 친 포도주에 새와 야채를 넣어두는 것이다. 새의 뼈가 말랑말랑해질 때까지 넣어두어야 하는데, 제대로 먹기 위해

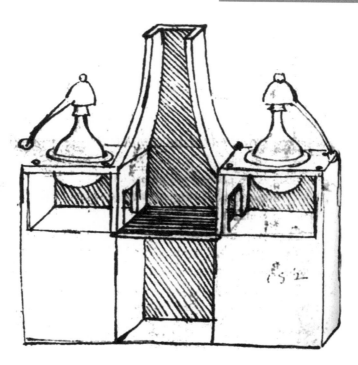

레오나르도가 베아트리체 데스테를 위해 발명한 획기적인 작업대. 얼린 포도주와 얼린 오렌지 즙을 위한 용기가 양쪽에 있고 중앙에 음식을 조리할 수 있는 판이 있다.

서는 한 달에 한 번 정도 뒤집어줘야 한다. 종달새일 경우에는 세 달이 걸리고, 톱니오리일 경우에는 여섯 달이 걸린다.

구멍 뚫린 돼지 귀때기 요리

먼저 돼지 귀때기를 양쪽 다 떼어낸다. 귀때기 털은 그슬려버린다. 그리고 귀때기를 세심하게 닦고 문지른다(특히 귓속 부분은 주의해야 한다). 손질이 끝난 귀때기를 끓는 물에 넣는다. 이때 당근을 하나 넣어준다(어떤 사람들은 귀때기당 하나씩으로 당근 두 개를 넣기도 한다). 귀때기가 다 익으면 꺼내부젓가락 위에 올려놓고 월계수 잎과 말린 매실로 장식한다. 2분 정도 불위에서 익힌 후 폴렌타와 함께 내가면 된다.

파도바산(産) 돼지 귀때기는 다른 어느 지방의 돼지 귀때기보다 맛이 좋기로 유명하다. 그러나 나로서는 오로지 돼지 귀때기 요리를 맛보고 나서 그 명성을 인정하거나 깎아내리기 위해 파도바까지 여행을 할 수는 없는 노릇이다. 언젠가 명분이 서는 일이 생겨 겸사겸사 그 지역을 방문할 기회가 오기만을 기다리는 수밖에 없다. 그동안에는 밀라노산(産) 돼지들과 그 귀때기로 만족하기로 한다.

연회에 대하여

우리 어르신께서는 연회를 위해 내가 추천하는 담백한 요리는 거들떠보지도 않으시고 이상야릇한 요리만 즐기신다. 그 이상야릇한 요리를 위해 최선을 다해야 하는 것이 내 맡은 바 임무다. 달콤한 향기를 풍기는 채소,

도처에 널린 잠자리와 샘물, 밖에서 들리는 귀뚜라미 울음소리, 우리 어르신 식솔들이 손을 씻을 수 있는 장미수, 무에 발라 먹을 금가루, 빵으로 만든 눈부신 조각상, 받침에 얹은 케이크, 궁정 모양으로 만든 색색의 젤리, 트럼펫과 캐틀 드럼을 갖춘 악대, 어기적어기적 돌아다니는 타조 떼. 이 모든 것을 준비해야만 하는 것이다. 그러나 나는 언젠가는 이 모든 것을 바꾸고야 말 것이다. 내가 제안한 담백한 요리가 어르신의 식탁에 오르는 날까지 포기하지 않으리라.

계속 발명해야 할 주방기구들

- 오리털 뽑는 기구
- 돼지고기 써는 기구
- 반죽하는 기구
- 돼지고기 찧는 기구
- 양고기 누르는 기구

barachine fhifnter padella ounta

이런 기구를 만든다 해도 어떻게 작동시켜야 할까?[11] 풍력? 아니면 수력? 톱니바퀴? 아니면 핸들? 소의 힘을 빌려야 할까? 아니면 농부들의 힘을 빌려야 할까?

크리스마스 케이크

(* 이 요리법은 음악가인 내 친구 아탈란테 미글리오로티가 연구한 것이다.)

커다란 흰살 생선 일곱 마리를 준비한다. 껍질을 벗겨 가시나 뼈를 제거하고 살덩이만 남긴다. 색이 연한 빵 일곱 개를 잘게 부순 가루와 완전히 간 하얀색 송이버섯을 앞서 준비한 고기와 함께 잘 섞는다. 여기에 일곱 개 분의 달걀 흰자를 넣고 반죽한다. 이 반죽을 튼튼한 삼베 자루에 담아 하루낮 하룻밤 동안 찐다. 이 요리를 먹을 때는 혹시라도 남아 있을지 모르는 가시나 뼈가 목에 걸리지 않도록 조심해야 한다.

공작새 구이

이런 종류의 새를 요리하자면 시간도 많이 잡아먹어야 하고 불편한 점도 한두 가지가 아니다. 공작새를 잡기 위해서는 양을 잡을 때 밟는 과정을 거쳐야 한다.

먼저 목을 딴다. 바늘로 머리에 구멍을 뚫어 피를 빼낸다. 육질을 부드

---

11) 레오나르도는 많은 기계 장치를 고안하고 도안했지만 막상 그 기계를 움직이는 '힘'을 구하는 문제는 제대로 해결하지 못했다. 레오나르도가 증기기관을 발명하지 못했다는 사실은 불가사의한 일이다. 레오나르도는 피스톤까지 생각해냈던 것이다.

럽게 하기 위해서 하룻밤 정도 무화과나무에 매달아둔다. 매달기 전에 내장을 빼낸 속에 쐐기풀을 채워 넣고 두 다리를 단단히 묶어두어야 한다. 하루가 지나면 목에서부터 꼬리까지 껍질을 벗겨낸다. 껍질을 벗길 때 깃털과 다리가 손상되지 않도록 주의한다. 몸통에서 떼어낸 껍질은 잘 보관해두어야 한다. 이제 카네이션 씨로 속을 채운 공작새를 화덕에 올리고 향이 있는 풀로 즙을 내어 몸통에 발라준다. 이 요리의 핵심은 목과 머리를 하얀 천으로 반드시 싸두어야 한다는 것이다. 그 이유는 요리하는 내내 습기를 유지하여 열로 인한 뒤틀림을 방지하기 위함이다.

고기가 구워지면(조리 시간은 닭구이 때보다 두세 배는 걸린다. 공작새 고기가 닭고기보다 육질이 서너 배는 단단하기 때문이다) 화덕에서 꺼내 미리 벗겨두었던 껍질을 다시 입힌다. 공작새가 서 있는 모습을 연출하기 위해 식탁 위에 철심을 박아 그 철심 위에 새를 올려놓는다. 이 철심은 머리끝에서 꼬리까지 관통해야 한다. 그러나 절대로 겉으로 드러나지 않아야 한다. 부리에 양털이나 불에 잘 타는 나뭇조각을 물려 불을 놓을 수도 있다(갈리오는 이 짓만은 못하겠단다. 불이라면 질색이라나).

이렇게 해놓고 손님들에게 나누어주는 척만 하고 실제로 손님을 대접하는 고기는 암놈으로 한다. 수놈을 요리할 때 암놈들도 함께 요리해두었기 때문이다. 그러나 육질은 암놈이 훨씬 연하기 때문에 손님들은 아주 흡족해할 것이다.

간장이 좋지 않거나 담즙에 이상이 있는 사람들에게는 추천할 만한 음식이 아니다. 고기가 부담스러울 뿐만 아니라 영양가도 별로 없기 때문이다.

달걀의 크기를 재기 위해 레오나
르도가 발명한 기구(한 번에 반
다스의 달걀을 잴 수 있다). 이 기
구는 당시에는 널리 보급되지 못
했고 여러 세기 후에 일반화되었
다. 레오나르도는 썩은 달걀을 녹
여 독가스를 만드는 방법도 개발
했는데, 1차 세계대전 중 독일군이
이용하기까지 빛을 보지 못했다.
그러나 달걀 껍데기를 으깨어 그
가루를 살코기에 입히는 방법은
16세기 초부터 무라노의 유리 공
장에서 응용되었다.

살라이의 달걀 요리

아직도 옛날 그 무식한 사람들의 본을 따르는 사람들이 있다. 이 사람들은 일단 달걀을 끓는 물에 담갔다가 일정한 시간이 지나 요리할 때가 되면 껍데기를 깨고 양쪽으로 벌려 노른자를 꺼낸다. 마치 매실나무에 열린 알처럼 다룬다는 얘기다. 이런 이유로 살라이가 만든 달걀 요리는 그들의 입맛에 맞지 않는다. 이 친구처럼 요리를 하기 위해서는 이중으로 조리한 달걀을 사용해야 하기 때문이다.

달걀 흰자와 노른자를 잘 섞는다. 여기에 소금, 후추, 잘게 썬 미나리 꽃잎을 추가한다. 그리고 올리브유를 몇 방울 떨어뜨려 반죽이 고르게 되게 한다. 그다음에는 무슨 일이 벌어지는지 도통 알 수 없다. 살라이가 한사코 입을 열지 않는다. 그래도 나는 여러 날 밤 어두운 구석에 웅크리고 앉아 몰래 훔쳐보곤 했다. 이 친구가 폴렌타와 함께 먹는 음식이 이 요리와 아주 비슷하다는 사실을 알아냈던 것이다.

꿀과 크림을 곁들인 새끼 양 불알 요리

새끼 양 불알을 구해 겉껍질을 벗겨낸 후 찬물에 몇 시간 동안 담가둔다. 물에서 꺼내 잘게 토막을 내거나 가늘게 채를 썬다. 소금과 후추로 맛을 낸다(피에트로 몬티라는 친구는 맛깔스럽게 보이기 위해 사프란을 약간 친단다). 찔러보아 말랑말랑해질 때까지 버터와 함께 익힌 후 차갑게 식힌다. 다 식으면 뜨거운 꿀과 크림을 조금 뿌려 내놓는다. 새끼 양 불알 요리는 이렇게 내놓는 것이 정식이다. 그러나 우리 루도비코 어르신께서는 따뜻하게 데워

서 내오라고 고집을 부리신다. 게다가 으깬 무를 함께 곁들이면 아주 좋아
하신다.

피에트로 몬티도 이렇게 주장한다. 알바산(産) 흰 송이버섯과 마찬가지
로 새끼 양 불알 요리도 다른 재료와 함께 잘 갈아서 만들 수 있다고 말이
다. 궁합만 잘 맞추면 맛도 훨씬 좋아지며, 신기하게도 흰 송이버섯 맛과
비슷한 맛까지 낼 수 있다고 한다.

빵가루 입힌 닭 벗 요리

닭을 잡아 벗을 도려내기 전에 먼저 이 닭이 나이가 최소 열두 살 이상
먹은 놈인지, 키는 최소 60센티미터 이상인지 확인해보아야 한다. 항상 유
의해야 할 점은 겉껍질을 완전히 벗기고 피가 완전히 빠질 때까지 몇 번이
나 꽉 짜내야 한다는 것이다. 이렇게 준비가 되면 쿨란트로(약초로 사용되는
미나리과 식물) 씨 열두 개와 반쪽 분량의 레몬즙과 함께 끓는 물에 넣는다.

노새 대가리 살라이는 1인분으로 닭 열 마리 정도는 필요하다고 주장한
다. 또 주장하기를, 흰 놈이나 요리하기에 매력이 없는 놈을 잡을 경우에는
쟁반에 담을 때 빛깔이 고운 채소 잎과 골고루 섞어야 한단다. 그러니까 당
근이나 사탕무 날것을 닭 벗 모양으로 다듬어 올려놓고 그 위에 빵가루를
뿌려야 한다는 얘기다. 내가 보기에는 그 준비 과정이 별로 매력 없다.

톱니오리 조각 요리

톱니오리는 먹을 수 있는 새 중에서 맛이 으뜸이다. 먼저 잘 삶아 적당

한 크기로 조각낸다. 돼지기름을 두른 솥에 넣고 30분 이내로 익힌다. 바삭하게 익으면 후추와 꿀을 발라서 먹는다.

양 머리 케이크

(* 가난한 사람과 천박한 사람을 위한 요리)

양 머리를 세로로 둘로 쪼갠다. 뇌와 혓바닥을 들어내고 당근 한 개, 파슬리 가지 한 개와 함께 물에 삶는다. 세 시간이 지나면 딱딱하게 굳은 폴렌타가 한 겹 덮인 쟁반 위에 국물과 함께 올린다. 여기에 푸른색 소스를 곁들여 내놓는다. 소스는 먼저 들어낸 뇌와 혓바닥으로 만든다. 뇌와 혓바닥을 잘게 썰어 미나리꽃과 함께 삶아 만든다. 이때 미나리꽃의 양은 뇌와 혓바닥 무게의 두 배가 좋다.

폴렌타의 설움

하루 온종일 폴렌타 요리를 연구하다 보니 심란해진다. 그놈의 죽의 꼬락서니라니!

아주 간단한 수프 네 가지

• 알카파라 수프

신선하고 연한 과일 몇 줌을 돼지고기 국물에 넣어 살짝 끓인 후 체로 걸러낸다. 이 국물 위에 알카파라(조미료로 사용되는 나무) 가지를 이용해 '알카파라 수프'라는 글귀를 쓴다. 이렇게 하면 알카파라 가지는 돼지고기 국물에 그냥 넣어 삶았을 때보다 훨씬 신선한 맛을 내게 된다. 이것뿐만이 아니다. 손님들도 금방 이것이 무슨 요리인지 알 수 있지 않겠는가.

- 바야 수프

이 요리도 알카파라 수프와 같은 요령과 과정을 거친다. 그러나 마무리 작업에 차이가 있다. 알카파라 가지 대신 바야 가지를 이용해 '바야 수프'라는 글귀로 장식을 해야 하는 것이다. 이 마무리 작업을 빼먹지 말라. 이 작업을 하지 않으면 손님들이 재차 알카파라 수프를 내놓는다고 생각할 수 있기 때문이다.

- 오렌지 레몬 수프

이 수프는 알카파라 수프나 바야 수프와는 완전히 다른 종류다. 닭 두 마리를 삶아 국물을 체로 걸러낸다. 한 광주리 분량의 오렌지, 레몬즙을 닭고기 국물과 섞는다. 여기에 달걀 몇 개를 넣어 잘 저어준다. 이 수프는 데워 먹을 수도 있고 차갑게 먹을 수도 있다. 내 요리사인 바티스타는 오렌지 레몬 수프를 만들 때 오렌지를 꼭 빼먹으려 든다. 나는 오렌지가 있어야 좋은데 말이다.

- **어떤 것인지 완전히 잊어버렸다.**

황새와 학

요즘에는 황새나 학을 별로 먹지 않는다. 무슨 까닭인지 곰곰이 생각해
본다.

날로 먹는 것들

여기에 나오는 요리는 한동안 기름기 있는 음식만 줄곧 먹어대 위장이
휴식을 갈구하는 사람들에게 좋다. 이런 사람들은 다음과 같은 음식을
들라.

- 살구 한 개
- 당근 한 개
- 베네치아산(産) 양파 한 개
- 크레모나산(産) 순무 한 개
- 테스코산(産) 푸른 강낭콩 한 줌
- 푸른 빛깔 올리브
- 검은 빛깔 올리브
- 삶은 달걀 한 개
- 흰 생쥐 한 마리[12]

레
오
나
르
도
다
빈
치
의
요
리
노
트

12) 쥐를 먹는다고 생각하면 온몸에 소름이 끼칠지도 모른다. 물론 상황에 따라 다르겠지만, 당시 상황은 쥐까지
잡아먹어야 할 정도로 궁색하지 않았다. 그래서 '쥐(topo)'는 나무줄기나 그루터기를 뜻하는 'toppo'의 오기일
가능성이 높다. 레오나르도는 풀과 나무가 사람에게 어느 정도의 영양을 제공할 수 있는지 여러모로 실험해
왔기 때문이다. 이 실험 때문에 제자인 살라이만 죽을 고생을 했다 한다.

위에 언급한 음식들은 모두 잘 씻어 껍질을 벗기거나 갈아서 먹어야 한다. 그러니까 각각의 특성에 맞추어 깨끗하고도 영양가 있게 먹어야 한다는 말이다. 그러나 어떤 식이라도 '조리'는 하지 않는다. 모양을 내거나 둥글게 잘라 재미있는 그림이 그려진 큰 쟁반 위에 올려놓는다. 쟁반을 놓을 때는 같은 색이 연달아 놓이지 않도록 조심한다.

이 요리 한 접시면 우리 몸이 원하는 모든 필요를 채울 수 있다.

토끼

토끼를 잡은 후 가죽을 벗기고 내장을 들어낸다. 쇠꼬챙이에 꿰어 불 위에 높이 매달아 뭉근히 익힌다. 완전히 익었다 싶으면 소금과 후추를 조금 뿌려 되지도 묽지도 않은 폴렌타와 함께 내놓는다. (참고: 토끼는 버릴 것 하나 없이 다 먹을 수 있다.)

입맛 떨어지는 요리들

(* 그럼에도, 맙소사, 그 순해빠진 바티스타는 줄기차게 내온다.)

• **젤리에 빠뜨린 양고기**

바티스타는 이렇게 말한다.

"먼저 젤리를 만들어야 해요."

소 40마리 분의 발톱을 구한다. 껍질을 벗겨 결에 따라 자른 후 잘 씻는다. 네 시간 동안 찬물에 담가 불린다. 이제 냄비에 넣는다. 이때 독한 식초, 백포도주, 물, 자잘한 안초비 한 마리를 함께 넣는다. 불 위에 올려

뭉근히 익힌다. 잘 저어주면서 표면에 뜨는 거품을 세심하게 걷어낸다. 네 시간이 지나면 적당량의 후추와 계피를 뿌린다. 익어가는 발톱 냄새를 부드럽게 할 수 있는 정도의 양이면 된다. 국물이 3분의 1 정도로 졸아들 때까지 계속 익힌다. 이제는 달걀 열 개 분의 흰자를 넣고 잘 뒤적인 후 리넨 천으로 세 번 거른 후 그 국물을 접시에 담은 양고기 위에 붓는다. 접시는 눅눅하고 서늘한 곳에 두고 젤리가 투명하게 굳어 양고기가 제대로 보일 때까지 기다린다.

내 친구 보초니오는 자기 집 식품 저장고에 꼭 이처럼 생긴 음식을 항상 보관하고 있어 언제라도 별 준비 없이 손님을 접대할 수 있다. 내 식품 저장고에는 이따위 음식이라고는 전혀 찾아볼 수 없다. 보초니오 자신도 이따위 음식은 절대 입에 대지 않는다. 이 음식이 담즙에 해롭다는 사실을 꿰고 있기 때문이다.

• 대마로 만든 빵

이 요리는 정말로 대단히 위험한 것으로 나도 한세월 피하고 있는 음식이다. 그런데 내 친구 중에는 어찌 됐건 이 요리에 계속 연연해하는 놈들이 많다.

대마 씨를 껍질이 저절로 벗겨질 때까지 삶는다. 껍질이 벗겨진 대마 씨를 역시 껍질을 벗긴 같은 양의 신선한 아몬드와 함께 빻는다. 가루를 체로 친다. 체에 내린 가루에 꿀, 소금, 후추를 조금 넣고 잘 섞은 후 삶는다. 이제 솥 바닥에 빵가루를 안친다. 삶은 대마 씨를 빵가루 위에 펼친다. 이렇게 각각 10층, 합이 20층이 될 때까지 계속한다. 맨 위에 향기로운 풀잎에서 우려낸 물을 뿌린 후 입맛에 맞게 눌려질 때까지 무거운 돌로 여러 날 밤 눌러둔다.

- 말오줌나무꽃 푸딩

말오줌나무꽃 몇 송이를 한 시간 정도 물에 담가둔다. 물기를 털어낸 후 껍질 벗긴 아몬드와 함께 빻는다. 밝은 색 사프란으로 물들인 빵 반죽을 같은 양으로 준비하여 말오줌나무꽃 가루와 함께 섞는다. 이때 두 개 분의 달걀 반죽이나 청포도와 가루 치즈를 첨가하는 사람들도 있는 모양이나, 나는 전혀 불필요하다고 역설하는 바이다. 이제 혼합물을 익힌다. 내 친구 라비오는 이 요리가 나올 때마다 사양한다. 맛이 유쾌하지 못할 뿐 아니라 냄새까지 고약하기 때문이다. 그러나 우울증으로 시달리는 사람이나 치질 환자에게는 효과 만점이라고 여기는 사람들도 있다.

- 흰 모기 푸딩

껍질을 완전히 벗긴 아몬드를 약간의 말오줌나무꽃과 함께 으깨어 체로 친다. 뭉근한 불로 30분가량 천천히 볶아 꿀을 조금 넣고 닭 가슴살 한 조각과 함께 완전히 다진다. 여기에 장미수를 약간 뿌려 즉시 상에 올린다. 이 요리는 좀처럼 소화가 되지 않기 때문에 복통을 앓거나 독감에 걸린 사람에게는 좋지 않다. 그러나 페스트 환자에게는 효과가 좋다. 누가 왜 이 요리를 흰 모기 푸딩이라고 부르냐고 묻는다면 나는 도저히 답을 해줄 수 없을 것이다.

• 스페인 요리 한 가지[13]

냄비에 최고로 질이 좋은 쌀가루를 안쳐 양젖을 붓고 불 위에 올린다(불 위에 멀찍이 올려 연기가 들어가지 않도록 한다). 방금 잡은 닭의 가슴살을 얇게 저며 어중간하게 익힌 후 맷돌에 넣고 두 번 갈아준다(양이 많으면 세 번 갈아도 된다). 여기에 같은 양의 꿀을 넣고 쌀가루 안친 냄비의 양젖이 끓기 시작할 때 넣어준다.

내 친구 갈바는 이 요리에 시칠리아에 있는 자기 농장에서 생산한 설탕을 듬뿍 뿌려 종종 내게 권하곤 한다. 나로서는 구역질이 터져 나오지만 트리덴토라는 친구는 이런 별미는 난생처음이라고 한다.

가능하다면 이따위 요리는 멀리하는 게 좋다. 영양가도 없고, 현기증이나 구역질을 유발하고, 시력을 약화시키며, 무릎 관절도 허약하게 만들기 때문이다. 피렌체 한복판에는 이 요리만을 전문으로 취급하는 선술집이 있다. 이 선술집을 찾는 사람들은 하나같이 미친놈들이다.

• 먹을 수 없는 무

바티스타는 무를 재 속에 넣어 익힌 후 식을 때까지 기다렸다가 아주 잘게 썰고, 너무 굳지 않은 치즈를 무보다 더 잘게 썬다. 냄비에 돼지기름을

---

13) 앞에 나온 '하얀 푸딩'과 유사한 요리다.

두르고 먼저 냄비 바닥에 잘게 썬 치즈를 한 층 깔고 그 위에 잘게 썬 무를 한 층 깔고, 다시 그 위에 치즈를 깔고 해서 냄비를 가득 채운다. 마지막으로 맨 위에 돼지기름을 펴 바르고 채소를 얹은 후 30분가량 익힌다.

그러나 조심하시라. 이 요리는 여러분께 좋지 않다. 내 친구 이르치오는 이 요리를 먹은 날 밤이면 넓적다리가 너무 아파 비명을 질러대며 깨곤 한다. 이 요리는 식충이 도민치아노에게 다 먹으라고 던져주는 게 상책이다. 아니면 이 요리라면 사족을 못 쓰는 술집 망나니들에게나 선심 쓰든지.

• 장어 요리

먼저 장어 껍질을 벗기고 내장을 전부 훑어낸 후 엄지손가락 반만 한 크기로 토막 낸다. 이제 쇠꼬챙이에 장어 한 토막, 월계수 한 잎 하는 식으로 꿰어 굽는다. 굽는 동안에는 계속해서 소금물을 뿌려 촉촉하게 해주어야 한다. 다 구워지면 장어를 약간의 계피로 맛을 낸 부드러운 폴렌타에 담가 옷을 입혀 화덕에 넣어 겉이 노릇노릇해질 때까지 둔다. 이 요리는, 만일 먹는다면 미친병을 유발할 수도 있다.

• 덩굴손 케이크[14]

덩굴손은 커다란 나무나 나무 울타리에 자란 것을 이용할 수 있다. 그

) 여기서 말하는 덩굴손은 포도덩굴 새순일 가능성이 높다. 레오나르도에게는 다른 몸에 엉겨붙어 자라는 것은 모두 덩굴손이다.

2

러나 다람쥐의 방문이 잦은 곳의 덩굴손은 피하는 게 좋다. 덩굴손을 좋아
하는 다람쥐들의 배설물, 일명 '똥'은 덩굴손에 쓴맛을 주기 때문이다.

다발로 묶은 덩굴손을 10분 정도 물에 데친 후 잘게 채를 썬다(붉은색 장
미로도 이 요리를 만들 수 있으며, 경우에 따라서는 붉은색 장미와 덩굴손을 섞어 요
리할 수도 있다. 이 경우에도 다람쥐가 들락거리는 장미꽃은 피한다). 덩굴손 채에
잘게 토막 낸 신선한 치즈와 돼지 가슴살을 섞는다(돼지 가슴살은 먼저 삶아
갈아둔다). 이렇게 섞은 재료에 고운 폴렌타로 옷을 입혀 돼지기름을 충분
히 두른 냄비에 안친다. 냄비를 불에 올린다. 표면에 구멍이 송송 뚫릴 것이
다. 덩굴손 냄새가, 혹은 장미와 뒤섞인 덩굴손 냄새가 진동하면 장미수를
듬뿍 뿌려 상에 올린다.

이 요리를 자주 먹게 되면 미친병이 도질 수도 있다. 이 요리를 먹고 일
가족이 졸지에 몰사했다는 소문도 종종 들려온다.

- 삶은 내장

이 요리에서는 어떤 내장을 사용하느냐는 문제가 아니다. 먼저 내장을 세심하게 손질해서 씻어 새끼 양 뼈와 함께 삶는다. 잘 익었다 싶으면 내장을 너무 크지 않게 토막 내어 빻은 샐비어, 생강, 사프란 약간을 뿌린다. 여기에 비계기름과 청포도를 넣고 섞는다. 이것을 체로 걸러 숯불 위에서 익힌다. 한 시간 정도 나무 숟가락으로 뒤적거려준다.

이 요리를 쟁반에 옮겨 담을 때 끔찍하게도 진한 국물이 흘러나올 수 있다. 이 국물이야말로 영양가 만점인 진국이라고 우기는 사람도 많고 또 간장에 병이 있거나 귀가 아픈 사람에게 마취제로 사용할 수 있다고 하지만, 나 개인적으로는 그저 접착제 대신으로나 쓰고 있다.

살라이는 주목하라

- 내일 베키오 궁에 오는 손님들[15]

내 동료 도나토 브라만테,

조르조 메룰라,

조바니 바타조 다 로디,

갈레아초 산세베리노,

마테오 반델리,

루카 파치올리,

사바 다 카스티글리오네 디 피에트로 알레마니.

암소 모둠 케이크는 바티스타가 준비할 것이고, 우리는 비제바노산(産) 포도주를 마실 것이다.

---

15) 아래에 나오는 인물들을 소개한다. 도나토 브라만테(Donato Bramante)는 산타 마리아 델레 그라치에 수 도원의 건축가. 조르조 메룰라(Giorgio Merula)는 그리스어 전문가로 플라톤을 번역했다. 조바니 바타조 다 로디(Giovanni Batagio da Lodi)는 베로나 출신 귀족으로 건축가였다. 갈레아초 산세베리노(Galeazzo Sanseverino)는 루도비코의 부하로 술고래에 연애 대장이었다. 마테오 반델리(Mateo Bandelli)는 루도비코를 섬기는 소설가였다. 루카 파치올리(Luca Pacioli)는 레오나르도의 수학 선생이었다. 피에트로 알레마니(Pietro Alemanni)는 피렌체 대사였다. 피에트로 알레마니를 제외하고 모두가 레오나르도의 절친한 친구들이었다. 루 카 파치올리가 밀라노를 처음 방문한 해가 1496년이었으므로 이 글이 그 후에 쓰였음을 알 수 있다.

마지팬

나와 내 조각 작품을 위해 산타 코로나 자매가 즐겨 요리하는 마지팬은 으깬 아몬드, 꿀, 달걀 흰자로 만드는데 얼마만큼의 달걀이 사용되는지는 그 아가씨들만 알고 있는 비밀이다. 그리고 얼마만큼 오랜 시간 동안 화덕에 들어앉아 있는지도 오로지 우리 성모님만 아실 뿐이다. 나는 우리 루도비코 어르신과 그 신하들이 내가 차린 음식을 그릇 바닥까지 핥아 드시는 모습을 착잡한 심정으로 지켜본다. 나는 이제 내 작품이 살아남게 하기 위해 그분들의 입맛에 덜 맞는 무언가를 찾아 헤맨다. 지금은 크림에 대해 궁리 중이다. 그러니까 겉모양은 그럴싸하게 만들고 그 속에 입맛을 싹 가시게 하는 쓸개 따위를 집어넣는 것이다. 그런 중에도 파치오 카르다노는 내 요리법을 꼼꼼히 살펴보고 나서 갸륵하게도 이런 충고를 하는 것이다. 내가 만든 크림 표면에는 처음 예상했던 산뜻함을 무색하게 만들어버리는 푸른곰팡이가 금세 두텁게 끼게 된다는 것이다. 본래 그렇게 생겨먹었다는 것이다. 마지팬이라고는 만들어본 역사도 없고, 그런 걸 만들 짬도 전혀 없는 주제에 말이다.

뱀 등심

내가 알기로는, 아직까지도 뱀이라는 짐승을 즐기는 사람은 한 명밖에 없다. 그러니까 암부로조 바레세 다 로사테라는, 자칭 점성가[16]라고 떠벌리고 다니는 친구가 바로 그 주인공이다. 이 친구가 어떤 식인지는 전혀 알지

---

16) 암부로조 바레세 다 로사테(Ambrogio Varese da Rosate)는 진짜 점성가였다. 레오나르도는 끊임없이 이 사람을 헐뜯었으며, 루도비코가 총애하는 것도 못마땅하게 여겼다.

못하지만 부담 없이 할 수 있는 말은, 이 친구가 양파 하나와 당근 하나를 항시 달고 다닌다는 것이다. 암부로조는 어디서 뱀을 구해오는지는 내 앞에서 입도 뻥긋하지 않는다. 게다가 뱀을 구해주는 사람도 뱀이 어디에서 나오며 누가 키운 것인지를 자기에게 터놓고 얘기하지 않는다는 것이다. 나는 이 친구가 뱀을 한 마리 통째로 식탁에 올려놓고 먹는 모습을 한 번도 본 적이 없기 때문에 그 모습도 그릴 수 없다.

맛에 대해서라면, 한마디로 규정할 수 없는 오묘한 맛이라고 할 수 있다. 암부로조가 뱀을 삶아 요리하면 그 맛이 귀한 생선 맛과 같다. 그러나 이 짐승을 냄비에 볶아 볶은 파와 함께 먹으면 멧돼지 고기와 비슷한 맛을 낸다. 또 이 짐승을 수프로 끓여 먹으면 생선 맛과 멧돼지 맛이 적당히 섞여 나거나 전혀 다른 맛이 나며, 요리법을 달리하면 색다른 맛이 난다.

아직도 더 있다. 불알은 또 따로 요리할 수 있다. 불알을 잘게 다져 부드러운 박하 소스를 곁들여 먹으면, 불알 크기가 양의 두 배라서 그런지 맛 또한 곱빼기다. 뱀 불알 요리는 그 맛이 하도 오묘해 나로서는 도저히 설명할 엄두가 나지 않는다. 감미롭기도 하고 씁쓰레하기도 하고, 톡 쏘는 듯하면서 부드럽기가 그지없어 내로라하는 주방장이 어떤 비책을 발휘한다 해도 그 맛을 능가할 수 없을 것이다. 나는 뱀 몸통 중에서도 등심을 최고로 밝힌다. 암부로조가 개발한 뱀 등심 요리법을 여기 공개한다.

먼저 뱀 등심을 준비한다. 뼈를 발라내고 그 자리를 올리브 열매와 신선한 과일로 채운다. 양끝을 바늘로 꿰맨 후 이틀 밤 동안 매실즙에 담가 뚜껑을 덮어둔다. 쇠꼬챙이에 꿰어 겉이 검은색을 띨 때까지 돌려가며 굽

1491년에 레오나르도
가 루도비코 스포르
차를 위해 디자인한
장작불 석쇠. 현재 상
품화되어 판매되고
있다.

는다. 색이 검게 되었다는 것은 먹어도 된다는 얘기다. 여기에 삶은 양파와 당근을 곁들여 먹는다. 양파와 당근은 따로따로 삶아야 하지만 둘 다 뱀 국물에 삶아야 한다.

암부로조의 요리법은 대체로 이럴 것이다.

올챙이 요리

집 주변 개구리가 서식하는 연못 속을 체로 훑어보면 아직 개구리로 자라지 못한 올챙이를 충분히 구할 수 있을 것이다. 올챙이는 생후 5주 정도 된 것을 골라야 하는데, 그 이유는 이때 맛이 가장 훌륭하기 때문이다. 올챙이를 죽이는 법은 간단하다. 펄펄 끓는 물에 잠시 담그기만 하면 된다. 흐르는 찬물로 올챙이를 조심스럽게 씻은 후 천에 늘어놓고 말려 혹시 남아 있을지 모르는 물기를 완전히 제거한다. 다 마르면 그 위에 고운 소금과 후춧가루를 뿌려준다(소금과 쿨란트로 가루를 뿌려도 상관없다). 바싹 마른 체로 쳐서 불필요한 양념 가루를 걷어낸다. 올리브유를 두른 프라이팬이 달아오르면 올챙이를 넣고 노르스름해질 때까지 볶는다. 볶은 올챙이를 다시 천에 늘어놓아 올리브유가 빠지게 한다. 기름기가 빠지면 먹을 수 있다. 올챙이 요리 애호가들은 여기에 레몬즙을 살짝 뿌려 먹기도 한다. 그러나 그와 반대인 사람들도 있다. 자기가 먹은 음식이 무엇인지 알아채는 바로 그 순간 하얗게 질려 식탁을 박차고 나오는 사람도 있는 것이다.

삶은 검둥오리

검둥오리 요리는 껍질 벗기
기가 그 승패를 좌우한다. 그
껍질이 보기에 극히 역겹고,
기름투성이고, 냄새까지 지독해 비렁뱅이 강아지 외에는 그 누구도 먹을 수
없기 때문이다. 반면에 검둥오리를 한참 끓이면 기름을 얻을 수 있는데 그
맛이 유명하다. 기름만 먹을 수도 있고 마늘 죽에 쳐서 먹을 수도 있다.

온갖 발가락 모둠 요리

양 한 마리, 돼지 한 마리, 소 한 마리, 레몬 세 개, 약간의 후추, 올리브
유가 필요하다. 위에 열거한 짐승의 발가락을 모두 잘라내 후추와 올리브
유를 섞은 레몬즙에 하룻밤 동안 담
가둔다. 뭉근한 불에 어두운 금색을
띨 때까지 구워 딱딱하게 굳은 폴렌
타에 올려놓고 먹는다. 이 요리는 우
리 루도비코 어르신께서 즐기시는 담
백한 요리 중 하나다.[17]

---

17) 이 요리는 1493년 루도비코가 대연회를 베풀 때 나왔다. 독일 막시밀리안 황제가 인스부르크에서 루도비코
의 조카 비안카 마리아 스포르차(Bianca Maria Sforza)와 혼인식을 치른 후 밀라노를 방문한 때였다. 이 요리
는 궁전에서뿐만 아니라 밀라노의 일반 대중에게도 제공되었다. 레오나르도와 브라만테가 화려하게 장식한
마차를 타고 다니며 나누어주었다고 한다.

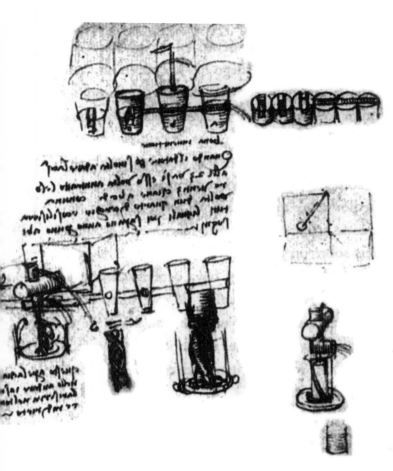

레오나르도가 도안한 병마개뽑이. 처음에는 왼손잡이용으로 디자인했다. 현재의 포도주 통 꼭지의 전신인 셈이다. 이렇게 해야 병 속의 술을 잘 보관할 수 있다.

생선 젤리

내장을 들어낸 물고기를 뭉근한 불에 삶는다. 조리 시간 내내 물고기가 물에 충분히 잠길 수 있도록 주의를 기울여야 한다. 네 시간이 지나면 껍질을 벗겨내고 별도의 냄비에 새로 물을 붓고 다시 네 시간 동안 삶는다. 이제 식을 때까지 기다린다. 다 식으면 젤리로 만든 냄비에 물고기를 올리고 그 위에 물, 포도주 식초, 소 발톱으로 만든 젤리를 끼얹는다.

주방에 들여놓은 양에 관하여

우리 주방에는 양들이 들어설 자리가 없다. 살아 있는 놈들은 고약한 냄새를 풍기면서 주방을 온통 엉망으로 만들어버린다. 내 식탁이나 의자도 예외일 수 없다. 죽은 놈들은 냄새가 더 고약하다. 양 냄새를 없애려면 양을 피하는 도리밖에 없다.

우스갯소리 하나

주로 마돈나 상을 깎는 베네치아 출신 그레고리오 파치올리라는 친구가 평생을 앓아온 변비를 치료할 수 있는 비책을 포도에서 구할 수 있다는 도움말을 듣고는, 어떤 식으로 먹어야 할지를 줄곧 묻고 다닌 끝에 드디어 즙을 내서 먹게 되었다. 그런데 이 친구 그때부터 날이면 날마다 최고급 포도주를 여섯 병씩이나 비워댔다. 꿀이나 물도 섞지 않은 그냥 깡 포도주를 말이다. 그러더니 죽는 날까지 두 번 다시 변비로 고생하지 않았다. 그러니까 12년 동안을 깡 포도주를 마셔댄 셈이다.

또한 이 친구는 베네치아 의회뿐만 아니라 온 세상이 놀랄 만한 일을 저질렀으니, 두 번 다시 마돈나 상을 만들지 않았던 것이다. 의회로서는 난감하기 그지없는 일이었는데, 그 친구가 술을 마시기 시작한 그즈음에 서른여섯 개의 마돈나 상을 만들어준답시고 선금까지 받아 챙긴 것이었다. 그러니 의회는 그저 팔짱이나 끼고 그 친구가 술로 금화를 탕진하고 있는 꼬락서니를 지켜볼 수밖에 없었다. 파치올리는 죽기 얼마 전에 동생에게 이렇게 털어놓았다고 한다. "조금이라도 일찍 포도에 대해 알았더라면 이전의 고통을 말끔히 지울 수 있었을 텐데."라며 아쉬워했다는 것이다.

풀에 대하여

소라는 놈은 풀만 먹고 산다. 양이라는 놈도 풀 이외에 다른 것은 전혀 먹지 않는다. 이 짐승들은 그렇게 살아간다. 나는 소고기도 먹고 양고기도 먹지만 건강에는 전혀 이상이 없다. 그렇다면 우리 모두는 풀만 먹고도 살 수 있지 않겠는가? 이 연구를 계속하는 동안 살라이가 나를 도울 것이다.[18)]

냄비 뚜껑

냄비를 불에 얹을 때마다 젖은 천으로 냄비를 덮어주어야 한다. 그리고 이 천도 자주 갈아주어야 한다. 연기가 냄비 속 내용물에 스며들어 맛을 변질시킬 우려가 있기 때문이다. 수백 년 동안 이런 식으로 해왔다. 나는 곰곰이 생각해본다. 냄비 자체만큼 튼튼해서 지속적으로 사용할 수 있는 뚜껑을 생각해낼 수 있지 않을까? 쓰기 간편하고 바꿀 필요도 없는 뚜껑을 말이다. 한번 궁리해보자.

---

18) 피렌체 대사 피에트로 알레마니는 이와 관련된 재미있는 기록을 남겼다.
"지난주에 레오나르도 선생은 제자 살라이에게 '풀 다이어트', 그러니까 풀만 먹고도 살 수 있는지 실험해보자고 했습니다. 이 세상의 가난한 사람들을 구원하자는 의도에서 그런다는 것이었습니다. 레오나르도 선생이 손수 풀을 고르고 씻어 뿌리 부분을 잘라냈습니다. 그러나 하루가 지나기도 전에 살라이는 불평을 늘어놓았습니다. 먹은 것을 전혀 소화시킬 수 없다는 것이었습니다. 레오나르도 선생은 그 가엾은 살라이가 해대는 불평에 울화통을 터뜨렸습니다. 가난한 주제에, 사람의 자식으로 그것도 할 수 없느냐 한탄하며 주방으로 달려가 좀더 맛깔스러운 요리를 준비했습니다. 접시 하나에는 삶은 풀이, 두 번째 접시에는 기름과 식초를 친 풀이, 세 번째 접시에는 돈저냐(동그랑땡) 모양으로 튀긴 풀이 담겨 있었습니다. 선생은 사색이 된 제자를 불러 고루 맛보고 어느 것이 으뜸인지 대라고 했습니다. 젊은이는 울먹이며 맛을 보았습니다. 삶은 풀은 날것과 마찬가지로 소화가 되지 않았습니다. 기름과 식초를 친 풀은 입에 대기 무섭게 뱉어내버렸습니다. 그러자 분기탱천한 선생이 튀긴 풀을 한 주먹 움켜쥐고는 살라이의 목구멍으로 억지로 쑤셔 넣었습니다. 살라이는 스승의 얼굴에 토악질을 했고, 스승은 참담한 표정으로 자리를 떴습니다. 인류에게 선사할 최고의 선물을 쓸모없는 제자 놈의 이기심이 망쳐버렸다고 투덜대면서 말입니다. 제가 보기에 선생은 그 일을 금세 까맣게 잊어버린 듯합니다. 잠시 후에 보니 그림 공책을 펼쳐놓고 기하학에 빠져 있었단 말입니다."

forasro colmando

Cazzalo coʻilmanuo

말고기 수프

이 요리야말로 말고기를 가장 완벽하게 소화시킬 수 있는 방법이다. 조
리법은 소고기 수프를 만들 때와 같다. 단 말고기 수프를 만들 때는 당근
세 개 대신 양파 세 개를 넣어야 한다(대개 말 한 마리면 200명을 충분히 먹일
수 있다).

개구리 수프

개구리 세 마리를 잡아 껍질을 벗긴 후(개구리 껍질은 소화가 되지 않기 때
문이다) 내장을 빼낸다(개구리 내장에는 독이 가득하기 때문이다). 몸통에 꿀을
발라 당근 하나, 카민꽃 한 송이와 함께 질그릇에 넣고 한 시간 동안 삶는
다. 체에 밭쳐 물기를 빼면 당근에서 기가 막힌 냄새가 날 것이다. (그레고리
오 숨무스는 로마냐산 달팽이 열여섯 마리와 함께 삶아야 한다고 주장하는 반면, 갈
레아초 산세베리노는 달팽이에 닿았거나 달팽이를 깨문 개구리는 절대 먹지 않겠다고

고집을 부린다. 이 친구는 또 고집하기를, 개구리 다리 껍질은 요리를 하기 전날 벗겨 내야 하며 우유를 탄 물에 밤새 재어놓아야 한다고 한다.)

무 대가리 수프

무 대가리와 양배추 날것은 어찌 먹든지 간에 단단한 체질의 사람에게나 어울리는 것이라고 주장하는 사람들이 있다. 그러니까 백정, 석수장이, 농부들에게나 어울린다는 말이다. 그리고 글이나 읽는 샌님, 약골, 몸집이 작거나 계집애 같은 사람, 소화기관이 약한 사람들은 이런 음식을 밝히지 않는 편이 좋다고 한다.

반면에 나는 무 대가리와 양배추는 약한 소화기관에 활력을 준다고 주장한다. 그 잎사귀가 유용하기 때문이다. 나는 시들시들하던 양과 비실거리던 소가 무 대가리와 양배추를 먹고 원기를 회복해 춤까지 더덩실 추던 장면을 목격한 바 있다.

첫 번째 의견을 믿는 사람들은 이제 수프를 한번 맛보기 바란다. 무 대가리나 양배추 잎을 말갈기로 단단히 묶은 후 간을 맞춘 끓는 물에 넣고 반 시간 정도 삶는다. 이렇게 우려낸 국물은 렌트 같은 친구가 먹기 좋은 담백한 요리다.

냄비 뚜껑에 대해 다시 생각하다

나는 그 순해빠진 베르나르도라는 친구에게 냄비 뚜껑에 대한 구상을 들려주었다. 그런데 이 친구 얘기로는, 우리 루도비코 어르신의 주방에 있

는 냄비는 모두 뚜껑이 있다는 것이다. 뚜껑
이 있기는 있되 주방 숙수들이 그 뚜껑을 오
래전부터 엉뚱한 곳에 사용하고 있단다. 그
러니까 숙수라는 놈들이 그 뚜껑들은 성벽
구석에 찌그러진 채 처박아두고, 밤이면 밤
마다 어울려 뚜껑을 두드려대며 그것도 음악
이랍시고 그 소리에 맞춰 신나게 춤을 추어
댄다는 것이다. 이제 이런 꼴불견은 끝장을
내야 한다. 놈들은 뚜껑을 원상 복구시켜야
한다. 그렇지 않을 경우 다시는 이 주방을 기
웃거리지 못하게 하겠다.

레
오
나
르
도
다
빈
치
의
요
리
노
트

다이어트의 장점

언젠가 이런 글을 쓴 것도 같다.[19] 건강하게 살려면 닥치는 대로 먹어서
는 안 된다. 그리고 저녁은 항상 모자란 듯 먹어야 한다. 꼭꼭 씹어 먹어야
하고, 무엇을 먹든 단단한 것은 제대로 익혀 먹어야 한다. 그런데 파치오 카
르다노라는 친구를 보면 또 이렇다. 이 친구는 우리 궁정에서 가장 힘이 좋
은데도 하루 종일 진탕 먹어댄다. 이제 우리 어르신을 살펴보자. 우리 어르

---

19) 레오나르도의 다른 노트 『코덱스 아틀란티쿠스*Codex Atlanticus*』에 다음과 같은 내용이 있다.
　　"포도주는 적당하게 마셔야 한다. 포도주는 조금씩 자주 마시는 것이 좋다. 포도주는 식사할 때 반주로 마
　시는 것이 좋지 공복에 마시면 해롭다. 화장실은 참지 말고 자주 찾아야 한다."

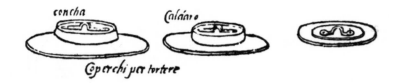

신께서는 끊임없는 식탐으로 엄청나게 드신다. 게다가 한번 씹어보지도 않고 그냥 날름 삼켜버리신다. 매번 마찬가지다. 물론 모든 법칙에는 예외라는 것이 있는 법이다. 아니면 내가 잘못 알고 있거나.

담백한 음식에 대해

우리 루도비코 어르신의 식탁에 놓인 음식을 보면 눈이 휘둥그레질 수밖에 없다. 요리마다 잡탕인데다가 그 양 또한 어마어마하다. 원시 야만족이나 이렇게 먹을 것이다. 도저히 납득시킬 방도가 없다. 기껏 양배추 새순으로 우아하게 차려놓으면 고개를 저으시고, 예쁜 당근을 곁들인 말린 매실이라면 상에 올리지도 못하게 하신다. 양배추 새순이 홀로 앉은 모습은 얼마나 아름다우며, 자그마한 당근이 풍기는 자태는 또 얼마나 우아한가? 살코기와 달걀이 넘쳐나는 금쟁반 열두 개로도 양배추의 아름다움과 당근의 우아함을 따르지 못한다. 늙은 매실의 그 감미로움, 강낭콩 두 알이 빚어내는 그 영양가, 이런 사실을 어떻게 우리 어르신께 설득시킬 수 있단 말인가. 우리 어르신께서는 담백한 식사의 이점을 반드시 아셔야 한다. 우리 어르신뿐만 아니라 이 나라 사람 모두가 알아야 한다.

롬바르디아 사람들이 토끼고기 케이크를 만들 때 어떤 짓을 하는지 보라. 네 가지 다른 살코기, 열두 가지나 되는 채소, 스무 가지가 넘는 과일을 뒤섞다 보니 토끼고기 맛은 온데간데없이 사라지고 만다. 이 케이크는 굳이 '토끼고기 케이크'라고 할 것도 없다. 종다리 케이크, 개똥지빠귀 케이크, 돼지고기 케이크라고 해도 무방할 것이다.

토디 사람들이 자기들 말로 개구리 요리라고 내놓는 요리를 보면 개구리라고는 눈을 씻고 찾아봐도 없다. 개구리는 고작 10분의 1뿐이고 나머지는 온통 돼지고기 수프, 채소, 기름, 크림, 시들어빠진 과일, 맛이 간 버섯 따위로 채워진다. 도대체가 돼지고기 요리인지 개구리 요리인지 알 수 없게 만들어버린 후 급기야 말라비틀어진 폴렌타로 옷까지 두텁게 입혀버린다. 마치 토디 사람들은 자기들 요리에 죄책감을 느껴 대접하는 손님들에게 부끄러움을 감추려는 것 같은 느낌이다.

레
오
나
르
도
다
빈
치
의
요
리
노
트

내 말은 이렇다. 개구리를 대접하려거든 개구리처럼 보이게 만들어 개구리인 것을 알게 하라. 토끼를 대접하려거든 토끼처럼 보이게 만들어 토끼인 것을 알게 하라는 얘기다. 우리 루도비코 어르신께도 마찬가지다. 어르신께서 뼈다귀를 곁들인 살코기 요리를 원하시면 살코기와 뼈다귀가 고스란히 드러나게 만들어 바치면 된다. 헤어나지 못할 소스 국물에 푹 잠겨 무엇인지도 모를 진탕으로 만들지 말고, 살코기를 모양 나게 썰어 반듯하게 올려놓고 그 옆을 뼈다귀로 멋있게 장식하라는 말이다.

우리 어르신의 주방은 원재료와 생김새와 맛을 없애는 데 일가견이 있는 사람들로 만원이다. 심지어 우리 어르신의 주방은 저 무식한 야만인들의 자손들이 온통 차지하고 있다. 언젠가는 때가 오리라. 나는 그들의 요리법이 잘못되었다는 사실을 언젠가는 일깨워주고야 말 것이다. 아무것도 섞지 않은 양배추 새순, 당근, 겉멋을 부리지 않은 뼈다귀 요리의 우아함을 그들의 머리에 반드시 주입시킬 것이다. 그날이 오기까지 우리 어르신의 주방은 계속해서 오늘과 같은 난잡한 꼴을 면치 못할 것이다.

삶은 달걀

물이 끓는 냄비에 달걀을 깨뜨려 넣는다. 흰자가 하얗게 변하면 건져 식탁에 올릴 접시에 담는다. 여기에 꿀, 향기 나는 풀, 장미수, 신맛이 도는 연한 포도주, 석류즙을 약간씩 뿌려 빵과 함께 먹는다. 바티스타는 바쁠 때면 다른 양념 없이 소금과 후추만 뿌려 내놓는다. 그럴 경우에도 나는 전번처럼 맛있는 척 먹어야 한다.

달걀 부스러기

사발에 달걀을 깨뜨려 넣고 물이나 꿀, 치즈 가루, 향유, 버터, 소금, 후추를 조금씩 넣고 휘젓는다. 이렇게 섞은 것을 냄비에 붓고 1분 정도 조심스럽게 익힌다. 이때 계속해서 저어주어야 한다. 푸른색을 내고 싶으면 사탕무를 조금 넣어준다.

장어 요리

내 친구 프란체스코 브라만테가 주장하는 바에 따르면, 장어 요리의 비법은 장어 껍질을 벗기고 뼈는 그대로 둔 채 끓는 물에 3분 이내로 데치는 것이라고 한다. 사실 말이지, 그렇게 잠깐 데쳐서는 고기를 소화시킬 수 없다. 그러나 브라만테에게는 이에 대비한 비책이 있다. 장어를 엄지손가락 반만 한 굵기로 토막 낸다. 이 토막 하나를 꿀에 적셔 입에 넣고 20분 이상 오물거린다. 이 시간 동안 장어 맛의 진면목을 음미할 수 있다. 그래서인지 브라만테는 일하는 동안 내내 입을 오물거리고 있다. 하루 온종일 장어를 입에 넣고 오물거리고 다니는 것이다.

고약한 파리를 주방에서 내쫓는 법

파리를 주방에서 내쫓기 위해서는 방에 후추 물을 뿌리면 된다. 특히 주방에 매달려 있는 고기에는 반드시 뿌려야 한다.

페스트 환자를 위한 요리

페스트 환자는 언제 식사를 하든 그것이 살아생전 마지막 식사가 될 가능성이 높다. 세상에는 페스트 환자는 먹일 필요도 없다고 주장하는 사람들이 있지만, 나는 페스트 환자에게는 가장 좋은 음식을 제공해야 한다고 고집한다.

올가미를 만들어 들고 나가 톱니오리를 잡는다. 오리를 삶아 넓적다리를 으깬 무와 함께 환자에게 대접하라. 이전에도 말했듯이 이 요리에 버금갈 요리는 없다. 그러니 이 요리를 대접하라. 여의치 않으면 '온갖 발가락 모둠 요리'도 좋다(반드시 기억해야 할 것은 환자가 먹은 접시는 반드시 깨뜨려버려야 한다는 사실이다).

내가 추천하는 담백한 요리

이 요리들은 내가 우리 어르신께 추천하고 싶은 담백한 요리들이다. 물론 우리 어르신께서는 이 요리들이 소탈하고 순박하다는 이유로 대번에 도리질하시며 그 대신 그 질탕한 고기와 뼈다귀를 내오라고 야단치실지도 모른다.

- 삶은 양배추 새순 여섯 쪽. 여기에 크림을 뿌린 철갑상어 알 한 움큼.[20]
- 삶은 양파 한 개. 크기는 중간치. 양파를 들소 젖으로 만든 질 좋은 치즈 가루 위에 올려놓고 검은색 올리브를 네 쪽으로 잘라 모양을 낸다.
- 매실 한 쪽. 곱게 갈아 4등분하여 3개월 동안 햇볕에 말린 부드러운 소고기 조각 위에 올린다. 여기에 사과나무 꽃가지를 곁들인다.
- 달걀 한 개. 달걀을 삶아 껍데기를 벗긴다. 숟가락을 이용해 노른자를 빼내 양념을 한 솔방울 씨와 함께 반죽한 후 다시 원래 모양으로 만들어 제자리에 놓는다.
- 암송아지 간장. 곱게 다진 후 샐비어와 겨자를 약간 가미해 부드러운 맛을 낸다. 이 요리를 제대로 먹으려면 빵이나 바삭하게 굳은 폴렌타와 함께 먹는다.
- 작은 새우와 해마. 살짝 데친 후 껍질을 벗겨내고 크림을 발라 먹는다.
- 에스피나카(시금치와 비슷하다). 먼저 에스피나카만 삶은 후 잘게 찢는다. 여기에 껍데기를 벗긴 반숙 달걀을 올려놓는다. 주변에 들소 젖으로 만든 치즈와 섞은 달걀 부스러기를 늘어놓는다.

---

20) 이 당시의 크림이라는 것은 짭짤한 잡탕 국물로 지역에 따라 다양한 재료가 사용되었다. 피렌체 크림은 밀가루, 우유, 겨자 씨로 만들었다. 나폴리 크림은 생선을 주로 사용했다. 이탈리아 북부에서는 꿀과 식초를 치기도 했다. 어쨌든 철갑상어 알과 먹기에는 철갑상어 알이 영 손해 보는 것 같다.

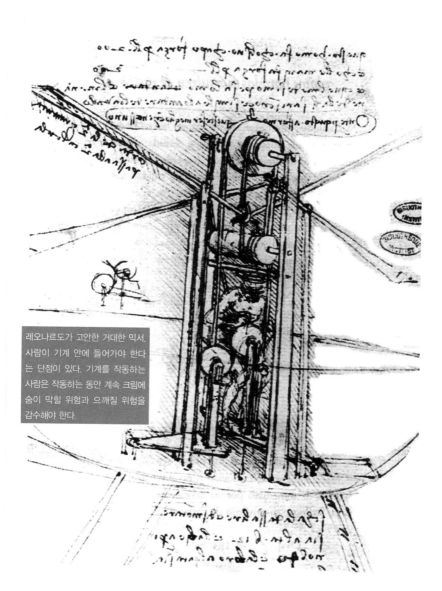

레오나르도 다빈치의 요리노트

레오나르도가 고안한 거대한 믹서. 사람이 기계 안에 들어가야 한다는 단점이 있다. 기계를 작동하는 사람은 작동하는 동안 계속 크림에 숨이 막힐 위험과 으깨질 위험을 감수해야 한다.

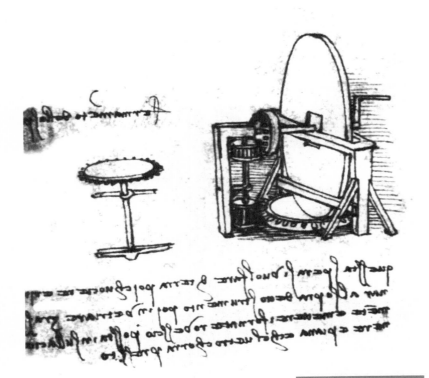

수동식 축음기. 그러나 판을 만들 수 없었기 때문에 베이컨 절단기로 전락하고 말았다. 허드레꾼이 높낮이를 조절할 수 있는 의자(왼쪽 그림)에 앉아 돌린다.

- 생 당근 세 쪽. 당근을 해마 모양으로 조각한 후 안초비 소스를 약간 뿌린다.
- 암송아지 네 번째 부위 얇게 편 부드러운 살코기. 양은 반 주먹 정도가 좋다. 으깬 다랑어 소스와 크림을 바른다. 이 위에 같은 고기를 한 점 얇게 펴서 올린다. 베르가모산(産) 식초에 담근 버찌 여섯 개로 장식한다.
- 뼈다귀 요리. 새끼 양 갈비뼈를 이용한다. 갈비 끝에 살이 조금 붙어 있는 것이 좋다. 갈비를 살짝 구워 살이 없는 쪽에 종이 고깔을 씌운다. 다 식으면 박하 잎을 조금 뿌려준다.
- 질 좋은 돼지고기. 고기를 삶아 곱게 다진 후 사과, 당근, 달걀을 곱게 갈아 함께 무친다. 돈저냐(동그랑땡) 모양으로 잘게 빚어 노릇노릇하게 구워 식을 때까지 기다렸다가 쌀밥이나 단맛 나는 곡식에 얹어 먹는다.
- 달걀을 곁들인 돼지고기(내가 붙인 이름이다)와 빵. 지난겨울에 비축해두었던 돼지고기 등심을 반반하게 편다. 길이는 팔 길이 반 정도가 좋다. 이것을 불 밑에 놓되 불이 붙지 않게 한다. 3분 정도만 익히면 된다. 그렇게 하기 싫으면 기름을 약간 두른 냄비에 고기를 넣고 불에 올린다. 이번 경우에도 3분을 넘지 않는다. 냄비에 남은 기름을 이용해 달걀 두 개를 깨 넣어 흰자가 하얗게 될 때까지 튀긴다. 이 소박한 요리에 마늘과 함께 올리브유로 살짝 데친 팔 길이 정도의 빵을 곁들인다. 고기가 노릇노릇해질 때까지 한 번 더 튀길 수도 있다.

- 포도로 속을 채운 삶은 닭 요리. 닭을 삶을 때는 당근과 양파를 함께 넣는다. 다 삶아지면 가슴살만 발라낸다. 이 요리에는 튀긴 무와 완두콩을 반드시 곁들여 내놓아야 한다.
- 포도로 속을 채운 삶은 닭 요리 국물. 이 국물은 그냥 그대로 이용한다. 다만 소금이나 후추를 조금 뿌리면 된다.
- 쇠고기 섞어 케이크(내가 지은 이름이다). 소 갈비뼈에서 뼈에 가까운 부드러운 살을 엄지손가락 크기로 잘라낸다. 같은 소의 내장을 떼어내 앞서 잘라놓은 고기와 같은 크기로 썰어 함께 섞는다. 여기에 입맛에 맞게 양념을 친다. 맛을 더하기 위해서라면 소 불알을 다져 넣을 수도 있다. 고깃덩이를 소고기 국물에 축여 질그릇에 모두 담는다. 이 위에 말랑말랑하게 굳은 폴렌타 덩이를 덮어씌운다. 이제 질그릇을 화덕에 넣고 고기가 고루 익고 폴렌타 덩이가 노릇노릇해질 때까지 기다린다. 으깬 무를 곁들이면 찰떡궁합이다.
- 무 막대기와 옷 입힌 생선(이것 역시 내가 지은 이름이다). 이 담백한 요리를 만들기 위해서는 먼저 무를 준비해야 한다. 무를 고깃국물에 넣고 말랑말랑해질 때까지 삶는다. 너무 삶아도 안 되고 덜 삶아도 안 된다. 무를 꺼내 손가락 크기로 썬다. 이제 무는 다음 차례가 올 때까지 한쪽으로 치워놓고 다른 재료를 준비한다. 팔 길이 반 정도 되는 작은 생선을 몇 마리 구해 깨끗하게 손질한다. 양념을 한 옥수수가루에 달걀 하나를 풀어 반죽하여 손질한 생선에 옷을 입힌다. 이때 기름을 두른 프라이팬을 미리 불 위에 올려 달궈놓아 언제라도 멋

쟁이 생선나리를 맞을 수 있게 준비해놓는다. 생선나리는 프라이팬에서 15분 정도만 유숙하시면 된다. 생선나리께서 자리를 뜨시고 난 자리는 무 막대기님들이 노릇노릇해질 때까지 따스하고 감미로운 보금자리로 이용한다. 생선과 노릇노릇한 무는 천생배필이다(경우에 따라서는 여기에 소금과 식초를 약간 끼얹어 먹을 수도 있다).

• **변장한 생선**(물론 이것도 내가 지은 이름이다). 바다의 귀족 연어 한 마리를 구해 내장을 빼고 비늘을 벗긴다. **뼈와 가시**를 비롯한 모든 불순물을 완전히 제거한 후에 삶는다. 이 요리의 비법은 바로 지금부터다. 생선을 으깬 뒤 달걀, 소금, 후추와 함께 버무려 공 모양이나 주먹 크기의 아몬드 모양으로 빚은 후 **빵가루**를 입힌다. 달걀 흰자를 조금 쓰면 더 잘 붙는다. 이제 이 변장한 생선 반죽을 기름 두른 냄비에 넣고 불에 올려 열과 기름의 합동작전으로 노릇노릇해질 때까지 둔다. 미나리 한 줄기를 추가하면 이 담백한 요리는 한층 빛을 낼 수 있다.

다양하고도 오묘한 오이 사용법

오이는 날것으로 먹을 수도 있고(그래도 껍질과 씨는 먹을 수 없다) 요리를 해 먹을 수도 있다. 게다가 오이를 오로지 장식용으로 쓰는 사람도 있다. 오이로 멋진 조각품을 만들어내기도 한다는 얘기다. 이 밖에도 오이를 희한한 일에 사용하는 사람들이 많다. 엘레나 바티스바리라는 아줌마는 새로운 오이 이용법을 개발한답시고 나섰다가 모닥불에 살을 태우기도 했다. 또한 오이는 우리 어르신께서 애호하시는 설사약이다. 우리 베아트리체 마님께서는 밤마다 오이 여섯 개를 대령하라고 하시고는 오이 속 씨 근처에서 흐르는 즙으로 얼굴 마사지를 하신다. 그래서인지 안색이 아주 밝다. 이구동성으로 하는 말이다. 나는 단지 식초에 절인 오이만을 즐기는 편이다.

크림을 잘못 사용하는 법

이런 사람들이 있다(나는 직접 만나보지 못했지만 얘기는 많이 들었다). 땅짐승이나 날짐승 고기를 다져 쌀, 꿀, 아몬드 즙과 섞은 것을 '크림(하얀색 먹거리)'이라고 부르는 사람들이 있다. 나는 그 사람들에게는 그럴 권리가 조금치도 없다고 주장한다. 내 생각은 이렇다. '크림'이라고 불릴 수 있는 요리는 당연히 하얀색이어야 할 뿐만 아니라 부드러워야 하며, 그 맛이 달콤하면서 생선 맛을 풍겨야 한다. 나는 혼자서라도 이에 걸맞은 요리를 창조해낼 것이다.

멧돼지

멧돼지 고기는 고슴도치 고기와 흡사하다. 포 지역 사람들은 멧돼지 고기를 설사약으로 사용하며, 옴이나 문둥병을 예방하는 데 효과 만점이라고 큰소리친다. 소금에 절인 멧돼지 고기는 밤마다 오줌 때문에 고생하는 사람들에게 좋다. 오줌을 조절해주기 때문이다.

곰에 대해

곰 요리에 대해서는 다루고 싶지 않다. 그렇지만 머리카락이 부족한 사람들에게는 한마디 조언을 해두고자 한다. 곰 기름을 머리에 바르면 탈모 증상을 막을 수 있으며, 나아가 새로운 머리카락이 자라기까지 한다.

우리 어르신 식탁에서 벌어지는 온갖 추태에 대해

우리 어르신의 식탁에 초대받은 사람이라면 반드시 피해야 할 추태는 이런 것이다(이 내용은 작년 한 해 동안 우리 어르신 식탁에 뻔질나게 출석했던 사람들을 관찰해서 얻은 바를 기초로 한 것이다).

어떤 손님도 식탁 위에 올라앉을 수 없다. 식탁에 등을 돌릴 수도 없으며, 어떤 다른 손님의 무릎에 앉을 수도 없다.

식탁에 다리를 올려놓을 수 없다.

어떤 경우라도 식탁 밑에 쭈그리고 앉을 수 없다.

음식을 먹기 위해 접시에 머리를 박을 수 없다.

레오나르도와 보티첼리가 작업장을 장식하기 위해 그린 식단표. 그림으로 보면 보티첼리 솜씨지만 글씨는 레오나르도의 것으로 보인다. 무슨 글인지 알 수도 없고, 손님이나 주방장이 누구인지 알 수 없다.(윌리엄 톰슨 컬렉션)

사전에 양해를 구하기 전에는 옆 사람 음식에 손을 댈 수 없다.

자기 몫의 음식을 흉한 꼴로, 혹은 반쯤 씹다가 옆 사람 접시에 올려놓을 수 없다. 이 경우 사전에 미리 양해를 구해야 한다.

자기 나이프를 옆 사람 옷자락으로 닦을 수 없다.

자기 나이프를 이용해 식탁에 그림을 그릴 수 없다.

자기 몸에 걸친 장식을 식탁보에 닦을 수 없다.

나중에 먹기 위해 식탁 음식을 호주머니나 가방에 꿍쳐둘 수 없다.

과일 쟁반에서 과일을 집어 입으로 베어 먹다가 이빨 자국이 있는 과일을 다시 과일 쟁반에 올려놓을 수 없다.

우리 어르신 면전에서 침을 뱉을 수 없다.

우리 어르신 옆에서도 침을 뱉을 수 없다.

옆 사람을 꼬집거나 후려칠 수 없다.

드르렁거리는 소리를 낼 수 없고 옆 사람을 팔꿈치로 찌를 수도 없다.

눈을 허옇게 뜨거나 사나운 표정을 지을 수 없다.

대화 중에는 손가락으로 코를 후빌 수도 귀를 후빌 수도 없다.

식탁에서는 모델 폼을 잡을 수 없고 불을 지필 수도 없고 매듭 만들기 연습도 할 수 없다(우리 어르신께서 친히 요구하시는 경우는 예외다).

자신이 데려온 애완용 새가 식탁 위로 제멋대로 날아다니게 할 수 없다.

뱀이나 풍뎅이도 이하동문.

옆 사람에게 해가 되는 악기(만돌린 따위)는 절대 연주할 수 없다(우리 어르신께서 친히 청하시는 경우는 예외다).

노래도 할 수 없고 연설을 할 수도 없고 욕지거리를 내뱉을 수도 없다. 귀부인이 동석했을 경우에는 추잡한 농담을 할 수도 없다.

식탁에서는 어떤 음모도 꾸밀 수 없다(우리 어르신께서 공모하시는 경우는 예외다).

우리 어르신의 시동들에게 은밀한 암시를 던질 수 없고, 시동들의 몸뚱이를 희롱할 수도 없다.

식탁에 머무는 동안에는 동료에게 불을 붙여줄 수 없다.

하인들에게 손찌검을 할 수 없다(정당방위일 경우는 상관없다).

토할 것 같으면 잽싸게 식탁에서 물러나야 한다.

음식 찌꺼기

연회 뒤끝에 남은 음식들은 강아지들과 하인들이 포식하기에 아주 좋다(자존심이 센 사람들은 아니꼽게 생각할 수도 있고, 또한 포식해본 경험이 없어 소화에도 꽤 지장을 줄 수 있는 일이다). 음식 찌꺼기를 잘게 썰어 냄비에 넣고 폴렌타와 물을 9대 1의 비율로 붓는다. 반나절 동안 뭉근한 불에 끓여 독한 맛이 가시게 한다. 이제 모두에게 나누어주라. 모두 당신의 노고와 배려에 심심한 감사를 표할 것이다.[21]

포도주

포도주를 적당히 희석시켜 마시지 않으면 이런 증상이 나타난다고 한다. 쉬 피로를 느끼고, 몸이 떨리고, 안색이 창백해지고, 고약한 냄새가 나고, 눈곱이 끼고, 아이를 갖지 못하고, 성기능이 떨어지고, 건망증이 심해

21) 이 문장은 니콜로 마키아벨리(Niccolo Machiavelli)가 메디치가(家)의 코시모(Cosimo di Medich)에게 쓴 편지 내용과 거의 똑같다. 1504년, 레오나르도는 마키아벨리와 함께 로마에서 보르자가(家)를 섬겼다. 누가 누구의 글을 베꼈는지 정확하게 가려내긴 힘들지만, 레오나르도가 다른 사람의 글을 많이 베껴먹었다는 심증을 더욱 굳게 만든다.

지고, 머리가 빠지고, 겉늙은이가 된다. 내 친구 가우디오를 살펴보면 이 모든 게 사실임에 틀림없다.

꽃 튀김

내 생각에 이 요리가 가능한 꽃은 오로지 한 가지뿐이다. 풋참외꽃이 바로 그 주인공이다. 고운 가루로 옷을 입혀 기름을 두른 냄비에 잽싸게 튀겨낸다.

양배추 잼

양배추를 완전히 말린 후 잎사귀 사이를 기어 다니는 것을 모두 털어낸다. 양배추를 동전 크기로 잘게 썬다. 잘게 썬 양배추를 냄비에 넣고 꿀, 양배추 무게의 반쯤 되는 마조람(향초의 일종) 가지와 월계수 잎을 넣는다. 냄비는 일단 불 옆에 놓아둔다. 이때 연기가 스며들지 못하도록 냄비는 천으로 덮어둔다. 냄비의 내용물이 부글거리기 시작하면 불 위에 올려놓고, 양배추가 물러져 잼이 된 후 그 양이 처음 양의 3분의 1로 졸아들 때까지 기다린다(주의해야 할 점은 나무 주걱으로 계속해서 거품을 걷어내면서 저어주어야 한다는 것이다). 잼이 완성되면 단지에 붓고 단지 주둥이는 대황 잎으로 봉해둔다.

바티스타는 이 잼이 썩은 소고기나 잡은 지 오래된 양고기에 안성맞춤이라고 한다. 이 잼이 소고기나 양고기에 감칠맛을 더하기 때문이란다. 나는 이 잼을 두 가지 고기에 전혀 불필요한 감미료라고 생각한다. 두 가지

고기 모두 이미 소용없지 않은가 말이다. 나는 입에도 대지 않겠다.

몇 가지 의견

- 사제들이 축복한 달걀도 다른 달걀과 맛은 똑같다.
- 배운 사람은 식탁보에 코를 풀지 않는다.
- 식초에 절인 당나귀 고기는 말린 매실과 함께.
- 버르장머리 없는 총각 셋을 위한 메뉴.
- 이 시절에도 바야 열매를 먹는 사람이 있을까?
- 개구리는 신장 케이크와.
- 어릿광대, 떠돌이 악사, 백수건달, 깡패, 허랑방탕한 놈, 익살꾼, 수다쟁이를 위한 요리.
- 민감한 사람들을 위한 어떤 다른 조치가 없을까? 훈제한 돼지 내장만 한 접시 올리면 어떨까? 아니면 삶은 소 젖통 요리는?
- 이런 얘기가 있다. 어느 칼잡이가 공중에 달걀을 던져놓고 반으로 자를 수 있는 묘기를 연마했다. 그러나 닭을 반으로 자르는 일이라면 이따위 묘기가 무슨 필요인가?[22]

---

22) 칼잡이들은 자객들과 함께 15세기 이탈리아에서 영향력 있는 집단 중의 하나였다. 이들의 인기는 실로 대단해 몇 달 전부터 미리 거금을 주고 예약을 해야 모실 수 있었다고 한다. 레오나르도 역시 이 칼잡이들에게 반했었다고 한다.

달팽이 요리법

양배추 새순을 삶아낸 물에 달
팽이를 삶고 나서 달팽이를 쟁반 위
에 올려놓는다. 이 쟁반은 폴렌타
를 굳힌 것으로 꿀을 바르고 바닥
에 칼자국을 내 달팽이가 제대로
자리를 잡을 수 있도록 한다. 이제

padella p fare oui frittolate

망치로 달팽이를 하나하나 깨부순다. 깨진 껍데기 조각은 꿀에 달라붙으
므로 달팽이 속살을 깨끗하게 발라 먹을 수 있다. 달팽이 속살을 손가락으
로 집어 마늘, 버터, 미나리꽃으로 만든 소스에 찍어 먹는다.

그러나 망치를 쓸 필요도 없이 죽은 달팽이를 감동시켜 스스로 옷을 벗
고 나오게 만들 수 있다면, 이 요리야말로 심약한 왕자와 공주를 위한 최
상의 요리가 될 것이라고 생각한다. 달팽이를 좀 더 우아하게 먹을 수 있는
방법이 있을 수도 있다는 생각이 든다. 아니, 확신이 있다. 그 방법을 찾아
일로매진해보자.

달팽이 수프

스물네 마리의 달팽이를 잡아 껍데기를 깨부순다. 설령 먹을 수 있는 것
일지라도 불순물은 모두 제거한다. 달팽이 속살을 냄비에 넣고 세 시간 동
안 끓인다. 이때 상추 한 다발, 송아지 머리 반쪽, 미나리꽃, 마늘을 함께
넣는다. 다 삶아지면 체로 걸러 사발에 부어 식탁으로 내간다.

내가 아는 고위층 인사들의 식사 습관

- 관찰기 1

우리 체사레 보르자 어르신의 수행자 중에는 시식자들이 너무 많아 시식자들이 줄줄이 시식하는 동안 음식이 완전히 식어버린다. 아마도 따뜻한 음식을 먹어본 경험이 전혀 없었을 것 같다.

- 관찰기 2

막시밀리아노 스포르차 어르신께서는 항상 활짝 열린 문 옆에만 앉으려고 하신다. 다른 자리라면 도무지 앉힐 수가 없다. 게다가 속옷은 전혀 갈아입지 않으신다. 그리고 식사 중에는 아주 역겨운 버릇을 보이시는데, 식탁 위에 족제비를 풀어놓는 바람에 이놈들이 다른 사람 음식을 들쑤시고 다닌다.

레오나르도 다빈치의 요리노트

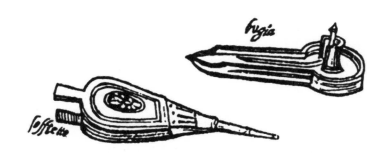

- 관찰기 3

사순절이면 교황성하께서는 음식을 조금만 드시고 숭고한 표정을 얼굴 가득 짓고 계신다. 그러나 실상은 이렇다. 식탁을 일찍 떠나시기는 하지만 이내 개인 사실(私室)에 차려진 다른 식탁으로 달려가신다. 이 사실에는 완벽한 설비의 주방, 요리사, 양질의 식료품이 따로 갖춰져 있다. 이곳에서 닭고기, 메추라기, 검둥오리 등을 실컷 드시는 것이다.

- 관찰기 4

교황성하의 생질인 살비아티 추기경께서는 사순절 식사 때 강낭콩 요리를 따로 드시는 습관이 있다. 말씀하시기를, 다른 사람들처럼 기름범벅인 강낭콩은 못 드시고 부드러운 버터에 볶은 강낭콩만 드신다는 것이다(그렇지만 이 양반은 기름범벅 강낭콩을 먹고 자란 토스카나 지방 출신이다). 진실은 다른 곳에 있다. 이 양반이 드시는 접시에 담긴 것은 강낭콩이 아니라 병아리 불알이다. 우리 피렌체 추기경께서 사순절에 겪는 그 위대한 고난에 대해서는 여기까지만 쓴다.

- 관찰기 5

우리 교황성하께서 다음과 같이 허락하신다(물론 사순절에는 금지다). 서열이 낮은 사제용 식탁에서 식사하는 사제들은 식탁을 기웃거리는 모든 사람들에게 닭고기와 수프를 나누어줄 수 있다. 식탁 위에서 춤도 출 수 있고, 함께 어울리지 않는 사람이라면 뺨을 갈겨도 상관없다.

- 관찰기 6

우리 베아트리체 마님의 습관은 좀 더 미묘하다. 식사 때 항상 하얀 장갑을 끼시고, 한 가지 요리를 드시는 데 장갑을 세 번 갈아 끼신다. 모두가 마님과 같았으면 하는 바람이다.

야생 엉겅퀴 먹는 법

우리 루도비코 어르신께서 내게 이렇게 말씀하신다. 엉겅퀴를 먹을 때 입속에 넣은 것 중 9할을 뱉어내지 않고도 먹을 수 있는 방법을 반드시 찾아낼지어다. 방법은 간단하다. 요리를 하기 전에 과실에 붙은 잎을 떼어내고 알맹이만 가지고 요리하면 된다. 이 알맹이는 전부 먹을 수 있기 때문에 조금치라도 뱉어낼 필요가 없다.

버터로 만든 어린 양

버터를 얼음물에 담가두면 금방 딱딱해진다. 버터가 굳으면 판자 위에 올려놓고 적당한 크기의 양 모양으로 조각한 후 다시 얼음물에 담근다.

꿀벌 케이크

꽤 성가신 일이긴 하지만, 돼지 오줌보에 개구리 열네 마리를 쑤셔 넣고 몇 시간 동안 그대로 둔다. 개구리 넓적다리살을 발라낸 후 잘게 토막 낸다. 여기에 달콤한 질경이와 꿀을 조금 넣고 달걀 하나를 통째로 풀어 잘 버무린다. 완성된 반죽으로 꿀벌 모양을 만든다.

안초비 수프

안초비를 냄비에 삶는다. 안초비를 삶을 때는 그냥 맹물에 삶지 않고 수박을 잘게 쪼개 넣고 함께 삶는다. 수박은 안초비의 짠맛을 다소 누그러뜨린다. 또 달콤한 곡식을 조금 넣어주면 짠맛을 퇴치하는 데 도움이 된다. 수박 물이 졸아들면 다시 수박을 넣어준다. 이 작업을 반나절 정도 계속한다. 이제 빵가루를 넣어 죽을 묽게 한 후에 국물을 체에 부어 걸러낸다.

지아노 마테시[23]라는 친구와 그 패거리는 무척이나 즐기는 요리이긴 해도, 나 같으면 그냥 바다에 쏟아버리고 말 것이다. 그래도 이 요리에서 죽어나간 안초비들은 억울해할 게 틀림없다. 게다가 요리하는 과정에 뒤따르는 그 고약한 냄새는 건물 벽에 배어 한동안 쉬 빠지지도 않는다. 언젠가 나는 그 냄새를 피해 베레가노[24]까지 달아난 적도 있었다.

152

간단한 수프 세 가지 더

• 알밤 수프

밤을 망치로 깬 후에 맹물에 넣고 살짝 데친다. 밤을 물에서 꺼내 껍질

---

23) 지아노 마테시(Guiano Mattesi)는 그 당시 인기 있는 난쟁이였다. 루도비코도 무척이나 좋아했던 배우이자 가수였다. 레오나르도가 루도비코를 위해 마련한 공연이라면 그가 단연 주연이었다.

24) 비제바노에 있는 두칼레 성. 밀라노에서 남서쪽으로 30킬로미터 지점에 있다. 루도비코가 부인 베아트리체와 함께 즐겨 찾은 시골 마을이기도 하다. 레오나르도가 밀라노 궁에서 좌절을 겪게 되었을 때 격려하는 차원에서 강제로 휴가를 주어 천장 벽화를 그리게 했다. 아직까지 레오나르도의 그림 흔적을 찾아볼 수 있다. 레오나르도가 음식 냄새를 피해 달아났다는 얘기는 핑계에 지나지 않는다.

이 남아 있으면 깨끗하게 제거한다. 손질한 밤을 닭 국물에 넣고 충분히 삶아준다. 이때 밤은 체를 완전히 통과할 수 있을 정도로 흐물흐물하게 삶아야 한다. 여기에 향유, 꿀, 소금, 후추를 넣고 데운다. 이제 작은 야채 잎으로 치장하면 알밤 수프는 완성된다.

이 수프는 야생 거미에 물린 상처에 좋다. 게다가 떨어져 나간 책장을 붙이는 데도 그만이다.

• 포도 수프

쓰다 남은 포도를 몽땅 삶는다. 이때 물을 부을 필요는 없다. 포도의 수분만으로도 충분하다. 포도 국물을 체로 거른 후 달걀 몇 개를 풀어 넣고 꿀도 조금 친다. 이것이 포도 수프다.

내 친구 가우디오 스포르제레는 이 요리를 허탕짓거리라고 한다. 그래서 자기 포도를 이따위로 낭비하는 짓은 절대 허용할 수 없단다.

• 완두콩 수프

이 요리를 만들 때는 반드시 알갱이가 작은 완두콩만 써야 한다. 그리고 알갱이뿐만 아니라 콩깍지까지 알뜰하게 이용해야 한다. 완두콩 한 바구니를 돼지고기 국물에 삶아 체에 거른 후 소금, 후추, 박하를 친다. 이것이 꼬마 완두콩 수프라는 것이다.

나는 완두콩이라면 질색이다. 그리고 이 수프를 먹을 때 이 사실을 다시 한 번 확인한다.

레오나르도 다빈치의 요리 노트

살라이의 장보기 목록

- 초
- 개구리 사료
- 내 북에 쓰일 새 돼지 가죽
- 만토바산(産) 적포도주

식탁보에 밴 핏물 빼는 법

종종 식탁보에 핏물이 밴다. 함부로 칼질을 하거나 사람이 죽어 나가면서 생기는 경우다. 하지만 겁낼 건 없다. 완전히 새것으로 간다고 수선을 떨어 손님들을 귀찮게 하지 않아도 된다. 핏물이 떨어지면 그 즉시 뜨뜻하게 데운 양배추 새순 국물로 힘차게 문질러주기만 하면 된다.

사순절에 먹는 고약한 요리 목록

- 돼지 선지 푸딩
- '비너스 배꼽'이라는 풀 위에 올린 버섯
- 볶은 폴렌타
- 나중에 생각나면 추가하기로 한다.

시식자 새로 뽑기

우리 어르신께서 새로운 시식자를 구해보라고 명령하셨다. 명령을 하달받은 우리 모두는 하나같이 그 이유를 단번에 알아챌 수 있었다. 전임 시식자는 지나치게 임무에 충실한 양반이었던 것이다.

우리 어르신께서 시식자를 구하시는 이유는 누군가 외부인이 독을 만들어 몰래 당신 음식에 타지나 않을까 하는 두려움 때문이 아니다. 어르신께서는 바로 당신 주방에 있는 암살자를 두려워하시는 것이다. 이 암살 용의자들은 어르신께 썩은 고기와 맛이 간 과일을 올리고 있다. 바로 이 썩은 고기와 맛이 간 과일이 세르조 카날라티를 죽여버린 것이다. 나는 최근 2년 동안을 줄곧 바로 그런 것들을 맛보고 근심하고 했던 것이다.[25]

우리 어르신께서 주방을 질서정연하게 운영만 하셔도 식탁에 시식자를 따로 둘 필요는 없을 텐데.

감초

감초를 무턱대고 쓰다 보면 담석증을 앓거나 물을 건널 때 어려움이 있는 사람을 곤경에 빠뜨릴 수 있다. 나는 이 사실을 체취 고약한 내 친구 가우디오 풀렌테를 관찰하면서 알게 되었다. 이 친구는 하루 온종일 감초 조각을 우물거리고 다니는데 바로 위에서 말한 증상을 보이는 것이다.

내가 잘못 알고 있을 수도 있다. 어쩌면 포도주에 타서 마시는 사프란이 놈의 꼴을 점점 더 엉망으로 만드는지도 모른다.

---

25) 이 얘기는 레오나르도가 오해한 것이다. 루도비코 스포르차는 스포르차 가문보다는 보르자 가문을 더 닮은 이중인격자였다. 루도비코는 교묘하게 세르조 카날라티(Sergio Canallati)를 독살한 후에 당시 유명했던 독살 전문가 젠티오 시카니아(Gentio Ciccania)를 고용했다. 젠티오 시카니아는 루도비코의 지시에 따라 루도비코의 형인 밀라노 공작 줄리아노를 독살했다. 명예와 돈을 둘러싼 음모였던 것이다. 레오나르도로서는 도저히 알 수 없던 일이었다.

돼지고기 부위별 감상

돼지를 한 마리 잡으면 딱 두 부위만 빼고 모두 먹을 수 있다.

돼지 선지를 햇볕에 굳히면 순대 만드는 데 이용된다. 돼지 뼈를 마늘과 후추와 함께 물에 삶으면 돼지고기 수프 맛을 낸다. 돼지 껍질을 녹이면 기름을 얻을 수 있다. 돼지고기 살은 전부 요리가 가능하다. 살코기를 그냥 먹을 수도 있고 돼지고기 케이크를 만들어 먹을 수도 있다. 돼지 머리도 전부 요리할 수 있다. 단 두 개만 빼고는. 나는 여태껏 돼지 두 눈알이 요리로 나왔다는 얘기는 들어본 적이 없다(살라이가 내 말을 뒷받침할 것이다). 내 얘기의 결론은 이렇다. 수많은 짐승 중에서 돼지야말로 우리 인간의 진정한 친구다.

생각 하나

폴렌타 덩이에 금가루를 입히면 어르신의 입맛이 살아날까?

사순절에 먹는 고약한 요리 목록

(* 계속)

금식 기간에는 요리를 그저 애처롭게 '보이도록' 만드는 것만으로는 충분치 않다. '맛' 또한 애처로워야 한다. 하루 전에 요리해 차갑게 식어버린, 아무 양념도 치지 않은 폴렌타보다 눈맛과 입맛을 떨어지게 할 수 있는 요리가 또 있을까?

야채에 대한 도움말

• 아스파라거스

아스파라거스 가는 줄기를 삶아 소금, 향유, 후추로 맛을 내면 아주 근사해 보인다. 이 요리는 부은 위장과 다른 속병을 고쳐주고, 어깨나 허벅지 통증을 없애주며, 약한 설사약으로서도 능력을 발휘한다.

그러나 아스파라거스의 굵은 줄기는 너무 많이 먹지 말라. 방광에 궤양을 일으킬 수 있다. 아스파라거스 즙을 조금 손에 들고 있다가 식탁 손님들 중에서 독을 먹었다고 불평하는 사람이 있으면 갖다 주라.

• 당근

당근은 재 속에 파묻어 익히는 방법이 가장 좋다. 당근이 익으면 깨끗이 씻어 껍질을 벗긴 후 깍두기 모양으로 토막을 낸다. 여기에 향유, 식초, 데운 포도주 약간, 향이 좋은 풀이나 꿀로 맛을 낸다. 영양가는 별로 없다. 그래도 담즙으로 인한 통증을 완화시키는 데 좋고, 묽은 폴렌타에 넣어 모양을 낼 수도 있다.

• 새끼 당근

사실 이것은 희고 달콤한 당근을 말하는 것이다. 먼저 당근을 삶는다 (상추나 다른 야채를 함께 삶는다). 삶은 당근을 소금, 식초, 쿨란트로로 맛을 낸다(이런 양념을 넣어서인지 효과 만점인 최음제로 생각하는 사람도 있다). 이런 방법도 있다. 껍질을 벗겨 (한 번 삶은 후에) 기름으로 한 번 튀겨준다. 이 위에 고운 밀가루를 뿌린다(그래서인지 늑막염과 수종에 효과적이라고 생각하는 사람도 있다. 그러나 늙은 당근은 절대 금해야 한다. 그 뿌리가 현기증이나 졸도를 불러일으키기 때문이다).

푸글리아 지방에서는 새끼 당근즙에 으깬 호프를 조금 타서 마신다고 하는데 그래서인지 자주 섬망 상태에 빠진다는 말도 있다.

푸글리아 지방에서는 주로 이런 식으로 새끼 당근을 요리한단다. 먼저 당근을 껍질째 삶는다. 당근을 꺼낸다. 당근을 삶아낸 물에 다시 껍질을 벗긴 당근을 넣고 삶는다.

• 상추

상추는 자체 내에 수분을 많이 함유하고 있기 때문에 다른 요리의 입맛을 돋운다. 따라서 요리 재료가 충분히 비축되지 않았을 경우에는 상추를 다른 요리보다 먼저 내놓지 않는다.

기름에 튀긴 상추 요리는 기침을 가라앉히거나 설사약으로도 이용할 수 있다. 그러나 너무 많이, 너무 자주 먹으면 시력에 이상이 올 수도 있다.

내 요리사 바티스타는 씻지 않은 상추를 레몬 맛이 나는 누리끼리한 수프와 함께 내온다. 이 요리에 적응하지 못하는 나 자신이 정말 안타깝다. 나는 대개 이 요리라면 내 강아지에게 인심 쓰고 만다. 바티스타 눈에 걸리지 않을 경우에 말이다.

상추 본줄기를 자를 때 스머나오는 액은 숙면에 상당히 좋다. 그러나 빵 조각에 살짝 발라 먹어야 한다. 그러나 명심하라. 상추액을 강이나 바다에 들이부으면 거기 사는 물고기를 몽땅 죽일 수 있다는 얘기도 나돈다.

• 꽃상추(일명 염소수염)

바티스타는 염소수염을 작은 접시를 장식하는 데 쓴다. 그런데 그 맛이 무척이나 고약하기 때문에 바티스타가 방을 나서자마자 나는 접시에서 냉큼 치워버린다.

잎과 뿌리를 잘게 찢어 반죽하면 벌에 쏘인 자리나 전갈에 물린 자리에 아주 유효하다.

• 알카파라

이 채소는 절대 삶지 말라. 짭짤한 맛이 가실 때까지 끓는 물에 살짝 데치기만 해야 한다. 그다음에 찬물에 담가 완전히 식힌다. 여기에 향유와 식초를 뿌려 맛을 낸다.

알카파라를 너무 많이 먹으면 강력한 최음 효과를 낼 수 있다. 알카파라는 회충 퇴치에도 좋고 마비를 예방하기도 한다. 그러나 최고의 알카파라를 생산하는 푸글리아 사람들은 이렇게 주장한다. 지나치게 자주 알카파라를 먹으면 하루 온종일 구토증에 시달리게 된단다.

- 접시꽃

접시꽃은 아주 다양하게 사용할 수 있는 채소 중 하나다. 접시꽃 잎은 에스피나카 요리법과 동일하게 요리할 수 있다(요리를 하지 않은 접시꽃 잎은 말벌에 쏘이거나 거미에 물렸을 때 해독제로 쓰인다). 접시꽃 줄기는 아스파라거스 요리법과 동일하게 요리할 수 있다. 꽃잎은 달걀을 풀어 튀겨 먹을 수 있다. 요령은 풋참외꽃 요리 때와 같다(접시꽃 잎은 혹을 가라앉히는 데 아주 효과적이다).

접시꽃 액을 마시면 담석 예방에 좋고, 또 자기 남편을 지랄병으로 몰아갔던 여러 증상에 좋다고 바티스타가 귀띔해준다.

- 야생 배추

버찌나 말린 매실을 먹은 후라면 이 야채를 권하고 싶지 않다. 야생 배추는 이 과일들과 잘 섞이지 않아 함께 먹으면 몸에서 천둥 울리는 소리가 날 것이다.

으깬 야생 배추에 박하를 넣고 폴렌타 위에 뿌려 먹으면 콧물과 눈물을 멈추게 할 수 있다. 롬바르디아에서는 그렇게 한다.

- 호프

호프는 튀겨 먹는 것보다 삶아 먹는 것이 더 좋다. 맛은 별로 없는 편이
지만 피를 맑게 하고 혈색을 돋워준다.

삶은 호프와 삶은 달걀은 서로 궁합이 잘 맞는 요리다.

- 부그롯사(bugrossa)

이 채소는 그리스 사람들이 흔히 '포르셀라나'라고 부르던 것이다. 요리
를 하지 않고 생으로 먹으면 피를 맑게 한다. 꿀과 함께 물에 삶아 먹으면
입속에 난 종기를 없앨 수 있고 우울증도 치료할 수 있다.

- 라디키오(radicchio)

뿌리를 으깬 후 소금, 향유, 식초로 간을 하면 최음제로 사용할 수 있
다. 또한 구역질, 숙취, 전염병, 병들었을 때 효과가 좋다.

- 앵초

앵초 잎은 맛은 좋지만 소화가 잘 되지 않는다. 삶은 앵초는 방광에 찬
돌을 빼내준다.

- 포르셀라나(porcellana)

이 채소는 그리스 사람들이 흔히 '부그롯사'라고 부르던 것이다. 줄기를
잘게 찢는다. 가늘게 썬 양파와 버무린다. 여기에 소금, 향유, 식초를 넣어

맛을 낸다. 경우에 따라 후추와 계피를 넣기도 한다. 이것을 폴렌타 위에 뿌린다. 이 요리를 지나치게 자주 먹으면 시력이 약화되고 성기능이 저하된다. 운수 사납게 된다는 얘기다. 그러나 임질에는 아주 좋은 요리다.

• 수영(acetosa)
수영을 생으로 먹으면 흥분을 가라앉힐 수 있다. 삶아 먹으면 옴과 가려움증에 좋다.

가난한 사람들을 위한 요리
• 한 가지 풀을 곁들인 폴렌타
폴렌타에 쑥국화를 조금 넣는다.

• 두 가지 풀을 곁들인 폴렌타

폴렌타에 쑥국화와 말린 말오줌나무꽃을 조금 넣는다.

• 세 가지 풀을 곁들인 폴렌타

이 요리는 잔치나 다른 특별한 경우를 위한 것이다. 폴렌타에 쑥국화, 말린 말오줌나무꽃, 붉은 양귀비 즙을 조금 넣는다.

상자 속 개구리

개구리를 꼬챙이에 꿰어 한참 동안 햇볕에 말리면 다리가 꺼멓게 변한다. 이때 먹으면 된다. 그러나 나 같으면 죽은 개구리나 죽은 개구리 다리를 거위 기름이 가득 찬 상자에 담가두겠다. 그리고 상자에 든 공기를 모두 빼내고 완전히 봉해 1년 열두 달 동안 열어보지 않을 것이다. 이따위 개구리도 요리 축에 끼냐고? 상자 열쇠를 잃어버리면 어떻게 열어 맛을 보냐고? 분별이 있는 사람은 개구리를 꼬챙이에 꿰어 햇볕에 말린다.

상추의 진면목

상추와 불면증은 서로 철천지원수간이다. 잠자리에 들기 전에 상추를 생으로 진탕 먹으면 달콤한 수면은 떼어 놓은 당상이다. 나 역시 피곤한 하루가 저물면 어마어마한 양의 상추를 삶아 즙을 내 한 사발 들이켠다. 이러고 나면 밤새 한 번도 깨지 않고 깊이 잠들 수 있다.

교황 레오 10세의 순대

다음 이야기는 교황성하의 요리사인 파브리치오 메나에우스가 들려준 것이다.

1인분 순대를 준비하기 위해서는, 우선 소를 한 마리 잡아 뇌를 꺼내 체에 거른 후 우유를 약간 붓고 버무려야 한다. 두 번째 단계. 닭, 꿩, 메추리를 한 마리씩 잡아 뼈를 발라낸 후 고기가 아주 연해질 때까지 다듬이질을 한다. 이렇게 준비한 고기에 소의 뇌를 버무린다. 이때 우유, 밀가루, 달걀 한 개, 잘게 찢은 검은 송로버섯을 넣어 함께 버무린다. 이제 밀가루를 뿌린 종이 위에 버무린 것을 올려놓고 순대 모양이 나오도록 말아준다. 길이는 1미터 정도. 순대가 완성되면 하루낮 하룻밤 동안 대리석판 위에 올려둔다. 식탁에 올릴 때는 돼지기름에 데친 후 카네이션 가지로 장식한다.

앞에서도 얘기했지만 위의 내용은 1인분 순대를 만드는 방법이다. 그런데 내가 교황성하의 식탁에서 식사하면서 살펴본 바에 따르면, 교황성하의 순대는 나나 다른 사람들 순대보다 곱절이나 큰 것이었다.

독을 이용한 요리법

나는 이제 체사레 어르신과 마키아벨리 선생을 만나 내가 알고 있는 독에 대한 상식을 들려주어야 한다. 하지만 나는 독에 대해서는 아는 바가 별로 없다.[26] 살라이는 나를 만난 이후로 내 연구에 참여한 적이 거의 없

---

26) 『코덱스 아틀란티쿠스』에는 독을 이용해 스스로 병을 치유하는 동물들 얘기가 나온다. 또한 독, 그러니까 화생방무기를 이용해 적의 함대를 공격하는 방법에 대해서도 나온다. 레오나르도가 제안한 화생방무기는 '두꺼비 독, 미친개의 침 등을 섞은 비소다. 그러나 이것을 분말로 사용하는지 액체로 사용하는지 여부는 분명치 않다.

고, 자기가 아침으로 먹는 폴렌타에 스트리키넨(독의 일종)이나 벨라도나(독성이 강한 열매를 맺는 나무)를 날마다 조금씩 더하는 것에 대해 내게 그악스럽게 불평을 해댔던 것이다. 나는 이것이 다른 목적이 있어서가 아니라, 다만 좀 덜 친한 사람을 대접할 때 쓰는 재료를 잘못해서 먹게 될지 모르니 면역성을 키워주려는 것이라고 아무리 설명해도 귀도 기울이지 않았다. 이 순해빠진 친구가 머무는 집의 사람들 평판을 잘 알고 있기 때문이었다.

그럼에도 몇 가지 사항에 대해서는 확실히 알고 있다. 어떤 독을 선택하느냐는 어떤 효과를 노리느냐에 달려 있다. 어떤 독은 재채기를 유발하고, 어떤 독은 가려움증을 일으키고, 어떤 독은 울렁임과 경련을 도발하고, 또 어떤 독은 완전히 사망으로 이끌기도 한다. 이제 막 독살자로서의 기술을 연마하기 시작한 신출내기들은 독을 여럿 갖추었다 해도 절대 혼동해서는 안 된다.

신출내기들이 반드시 배워야 할 사항은 이렇다. 스트리키넨은 목 류머티즘과 공포증을 유발한다. 벨라도나에 열리는 짙은 밤색 열매는 눈이 돌아가게 하거나 섬망 상태를 유발한다. 바곳 풀(이것은 매운 무 뿌리와 종종 혼동된다)은 오한과 구토를 유발한다. 독 당근은 사망에 이르게 하는 독의 일종이다. 다른 독에 대해서도 많이 알고 있지만 그 효과에 대해서는 자신이 없다. 모두 그 잘난 살라이 놈의 이기심 때문이다.

열거해보면 이렇다. 뱀 뿌리, 대황, 쑥국화, 산 크리스토발 풀에 열리는 까만 열매, 싸리풀 열매, 기생목, 돼지감자, 만토바산(産) 치즈에 슨 곰팡이.

또 한 가지 확실히 아는 게 있다. 좋은 독일수록 식사 초반에 내놓아야 한다는 것이다. 공복에 빠른 효과를 보이기 때문이다. 이렇게 하면 독살자도 이득을 볼 수 있다. 무기를 조금만 써도 효과가 크기 때문이다. 잔치를 베푼 주인에게도 이득이다. 독을 먹은 희생양이 헐떡거리는 모습을 보면 손님에게 내가려고 줄줄이 준비했던 다양한 음식을 내가지 않아도 되니까 말이다.

살라이의 임무

자신이 어질러놓은 일은 스스로 정리하기.

내가 사랑하는 개구리에게 밥 주기.

내게 돈을 가져오지 않을 경우 갈터에리라는 친구 따돌리기.

자신이 부러뜨린 내 책상 다리 수선하기.

바쁘게 설치고 다닐 때 손마디에서 시끄러운 소리 안 나게 하기.

빵과 고기(1)

나는 빵 한 조각을 고기 두 조각 사이에 끼워 먹는 방법을 연구 중이다. 이 요리의 이름으로 어떤 것이 좋을까?

달팽이 수프

집에서 미나리 가지와 야채수프를 먹여 살찌운 달팽이를 잡을 때는 3일 전부터 달팽이를 굶겨야 한다. 달팽이를 3일 동안 굶기면 속에 남은 똥과 점액질이 순해져 먹어도 해롭지 않다.

그러나 들에서 잡은 야생 달팽이를 요리할 때는 2주 동안 쫄쫄 굶긴 후에 요리해야 한다. 들에서 자란 달팽이는 독성이 강한 풀을 자주 먹을 수 있다. 비록 달팽이는 독으로 해를 입지는 않겠지만, 달팽이 속에 남아 있는 똥과 점액질은 사람에게 치명적인 해를 가져올 것이 분명하기 때문이다. 지울리오 오르시니 공작이 만토바에서 식사 도중에 생을 마감한 이유도 바로 그것 때문이라는 말이 있다. 따라서 달팽이 똥과 점액질은 완전하게 제거해야 한다.

놈들을 이처럼 굶겨놓으면 허기로 쇠약해질 것이고 거의 대부분 의식을 잃고 말 것이다. 그래서 교묘하게 침을 박아 속살을 빼낸다 해도 느낌조차 없을 것이고, 망치로 껍데기를 박살낸다 해도 모를 것이다. 달팽이는 바로 이런 식으로 집 밖으로 끌려나오게 되는 것이다.

이렇게 빼낸 달팽이 속살을 여섯 시간 동안 물에 담가둔다(이때 안초비 한 마리를 함께 넣어둔다). 물에서 꺼내 혹시 남아 있을지 모르는 똥과 점액질 찌꺼기를 흐르는 물에 완전히 씻어낸다. 이제 본격적인 요리로 들어간다(달팽이 꼬리에 달린 까만 부분을 잘라내는 사람들도 있다. 그 맛이 아주 쓰기 때문이다). 끓는 물에 달팽이를 넣고 갖은 양념으로 맛을 낸다. 주교풀 한 움큼, 양배추 새순, 안초비 한 마리, 으깬 시라 조금, 암송아지 머리 하나. 이상의 양념은 달팽이 100마리를 요리할 때 쓰이는 것이다. 냄비를 불 위에 올리고 10분 동안 일정하게 익힌다. 10분이 지나면 냄비를 뭉근한 불 위로 옮겨 예닐곱 시간 더 익힌다. 냄비를 내려 식힌 후에 올이 굵은 천주머니에 붓고 물기를 뺀다. 이렇게 낸 즙은 차갑게 식혀 폴렌타를 굳힌 빵을 찍어 먹는다.

즙을 짜내고 난 찌꺼기는 개에게 던져준다. 해롭지 않다.

빵과 고기(2)

다시 빵과 고기에 대해 생각한다. 고기를 빵 두 조각 사이에 끼워본다면? 이 요리에는 또 어떤 이름을 붙여야 할까?

크림(하얀색 먹거리)에 대해

내가 새로 개발한 크림은, 이미 예고했던 바처럼 나이프로 먹기에는 너무 수고롭고 위험하다고 판정이 났기 때문에 식솔들에게 숟가락을 일일이 나누어주어야 한다. 하지만 사람마다 숟가락이 필요하다고 어르신께 아뢰면, 재무담당관이 그렇게 많은 돈을 쓸 수 없다고 어르신께 다시 고하지 않을까 염려된다. 내 크림을 맛보고 싶어하는 사람들이 나이프밖에 쓸 수 없다면 피투성이 상처를 입게 될 텐데. 무서운 일이다. 그래도 포기하지는 말아야 하는데.

소화를 돕는 법

우리 어르신 식탁에 요리가 하나씩 새롭게 나오는 그 막간에, 특히 별로 질이 좋지 않은 요리가 나올 때 난쟁이나 곡예사를 불러내기보다는 요란한 춤꾼을 불러내는 게 더 좋지 않을까 싶다. 소화를 위해서라면 말이다.

코엘리우스 아피시우스

나는 요즘 코엘리우스 아피시우스가 쓴 『요리법에 관하여*De re culinaria*』라는 요리책을 다시 읽고 있다. 이 친구 진짜 멍청하다. 꿀 바른 동면 쥐, 황새 혓바닥, 학 혓바닥, 꿀을 바르고 다랑어 내장을 입힌 파를 먹겠다는 사람이 요즘 어디 있단 말인가?

자객을 식탁에 제대로 앉히는 법

만일 식사 도중에 암살을 꾀하고자 한다면 자객으로 하여금 자기 행위 대상 옆자리에 앉게 하는 것이 가장 바람직하다(희생자의 왼쪽에 앉을지 오른쪽에 앉을지는 전적으로 자객이 구사하는 암살 방법에 좌우된다). 이렇게 되면 암살이라는 행위가 지극히 협소한 공간에서 진행되기 때문에 식사 중 대화를 방해할 염려가 없어진다. 실제로 우리 체사레 보르자 어르신 암살에서 주역을 맡았던 암브로글리오 데카르트가 유명해진 것도 바로 그 비범한 솜씨 때문이었다. 이 친구는 같은 식탁에서 식사하던 사람들 중 어느 누구의 눈에도 띄지 않게, 게다가 어느 누구도 방해하지 않고 일을 해치웠던 것이다.

일이 벌어지면 주검과 주변의 핏자국은 하인을 시켜 깨끗하게 치운다. 물론 자객도 관례에 따라 식탁에서 물러나야 한다. 자객이 그대로 자리에 앉아 있으면 그 주변 사람들이 소화에 지장을 받는 일이 종종 있기 때문이다. 속이 깊은 주인이라면 이럴 경우를 대비해 밖에서 대기하고 있던 새로운 인물을 불러 자리를 채운다.

속을 채운 동면 쥐

다음에 소개하는 절차는 옛날 옛적에 쓰였던 절차다. 동면 쥐 속을 빼내고 후추, 호두, 양배추 새순으로 속을 채운다. 배를 꿰맨다. 겉면에 꿀과 양귀비 씨를 바른 후 불 위에 올린다. 살라이는 동면 쥐는 먹을 게 아니라며 그 대신 닭을 또 내놓는다.

아주 지긋지긋한 놈이다. 닭도 지긋지긋하다.

고프레도 줄리아니의 성격

고프레도 줄리아니라는 놈은 성격도 없는 바보천치, 거짓말쟁이 두꺼비다. 움브리아산(産) 돼지와도 어울리지 못할 망종이며 파도바산(産) 병든 양보다 못한 놈이다. 나는 놈에 대해서라면 도대체가 알기 싫다. 놈의 입 냄새는 역겹기 그지없다. 그래도 놈이 걸친 넝마가 풍기는 냄새에 비하면 양반이다.[27]

---

27) 레오나르도가 줄리아니를 이토록 욕하는 데는 다 이유가 있다. 줄리아니는 레오나르도가 설계한 '신개념' 주방과 '신개념' 욕실에서 상하수도 시설을 담당한 사람이었는데 이 사람의 잘못으로 레오나르도는 큰 낭패를 보게 된다. 루도비코는 레오나르도가 제안한 신개념 욕실을 사용해보고 싶어 안달이 났지만 공사는 계속 지연되었다. 루도비코는 레오나르도를 계속 졸랐고, 레오나르도는 줄리아니를 몰아붙였다. 그래도 줄리아니는 무사태평이었다. 그러던 중 레오나르도가 친구를 만나러 파비아로 놀러간 사이 루도비코는 기어코 신개념 욕실을 사용하겠다고 나섰다. 아무도 말릴 수 없었다. 루도비코는 시동 둘을 거느리고 가로 세로 6미터나 되는 욕탕을 구비한 욕실로 들어섰다. 수압을 이용한 지렛대로 문을 닫은 후 냉수 꼭지와 온수 꼭지를 틀었다. 기분 좋게 목욕을 마친 루도비코는 배수관 꼭지를 틀었다. 그러나 물은 빠지지 않았다. 오히려 레오나르도가 벽면에 설치한 수도꼭지에서 엄청난 물이 뿜어져 나오기 시작했다. 문도 열리지 않았다. 루도비코는 비명을 질렀다. 레오나르도가 설치한 음악 장치가 루도비코의 비명소리를 삼켜버렸다. 드디어 벽이 수압을 이기지 못해 무너져 내렸다. 루도비코는 두 명의 시동과 함께 내동댕이쳐졌다.

파비아에서 돌아온 레오나르도는 진상 규명에 나섰다. 문제는 줄리아니의 작업에 있었다. 루도비코는 레오나르도의 변명에 귀를 막고 비제바노로 내쫓아 그림을 그리게 했다. 그런 일이 있은 후에 쓴 글이 틀림없다.

약효가 있는 이런저런 풀들

• 아니스 알갱이

아니스 알갱이는 입 냄새를 상쾌하게 한다. 아니스 알갱이로 증기탕을 하면 두통을 완화시켜준다.

• 카민

카민은 안색을 창백하게 한다. 남편과 사별 후 여러 달 동안 슬픔에 시달린다는 티를 내고 싶은 과부들은 과감하게 카민을 먹어라. 그냥 먹어도 되고 폴렌타와 함께 먹어도 좋다.

• 박하

박하는 성욕을 돋우거나 잃어버린 성기능을 회복하는 데 아주 좋다. 그래서 옛날 군대 지휘관들은 전쟁터에 나설 때면 군인들에게 박하를 금지시켰다. 정조도 지키고 더 분발하도록 하기 위해서 말이다. 미친개에게 물렸을 때도 효과가 있다.

• 양귀비

흰 양귀비를 으깨어 포도주에 탄 음료는 학자들이 주로 상피병 환자에게 처방해주는 것이다. 질환 부위를 아물게 하고 고통도 덜어준다. 붉은 양귀비 즙은 학자들이 주로 큰 고통에 시달리는 사람들에게 추천하는 것이다. 불면증에 시달리는 사람에게도 붉은 양귀비 즙을 처방한다.

- 쿨란트로

쿨란트로 씨를 꿀과 포도즙 또는 식초와 설탕과 함께 섞으면 포도주에 절어 머리끝까지 숙취에 시달리는 사람에게 좋다.

이런 얘기를 들은 적이 있다. 어떤 여자가 쿨란트로 씨를 하나 갈아 즙을 내어 마셨더니 하루 동안 달거리가 멈추었다는 것이다. 두 알을 갈아 먹으면 이틀, 계속 이런 식이라는 것이다.

- 샐러리

자기 마누라에게 독살이나 당하지 않을까 염려하는 사람이라면 반드시 샐러리 줄기를 먹어야 한다(그러나 독사에 물린 데는 별 효력이 없다).

- 백리향

백리향에 적신 천을 식초에 삶아 이마에 올려놓으면 두통을 가라앉힐 수 있다. 백리향을 이빨로 꼭꼭 씹으면 이빨이 건강해진다.

- 샐비어

샐비어는 마비 증세나 뱀에 물린 데 좋다.

- 도금양

도금양 잔가지를 식초 단지에 담가 절이면 중노동으로 지친 사람들의 원기를 회복시켜준다. 그러나 옆에서 냄새만 맡아야지 그릇째 들고 마셔서는 원기를 완전히 회복할 수 없다.

도금양 가지로 관을 만들어 머리에 쓰고 다니면 무더위를 이겨낼 수 있고 혹한도 견뎌낼 수 있다. 관을 만들 만큼 도금양을 구할 수 없다면 가지 두 개를 양쪽 귀 뒤에 걸치고 다녀도 효과가 있다. 도금양 가지를 불에 그슬릴 때 나는 향

기를 벼룩이 싫어하기 때문에 벼룩을 퇴치할 수 있다고도 한다.

- **알바아카**(박하와 비슷한 향초)

알바아카를 너무 많이 먹으면 위장에 좋지 않고, 시력이 떨어지고, 간장에도 위험하다. 어느 정도 시간이 지나면 실성할 수도 있다.

그러나 포도주나 식초에 조금 타 먹으면 전갈에 물린 데 효과만점이다 (하지만 전갈에 물리기 전부터 알바아카를 씹고 있었다면 살아날 방도가 없다).

- **루제타**(rugetta)

매운맛이 나는 이 풀은 상추 잎과 함께 먹으면 어지러울 정도로 성욕을 자극한다. 달걀을 푼 물에 이 풀을 넣고 끓이면 전갈에 물린 데 효과가 매우 좋다.

- 매운 순무

매운 순무는 본래 루제타만큼 맵다. 그러나 내 친구 파울로 모르데카니에 따르면 성욕을 오히려 감퇴시킨다고 한다. 적당히 요리해 먹으면 장을 세척하는 데 좋고, 머리에 대고 문지르면 가려움증을 완화한다.

- 시라

파울로 모르데카니는 배에 가스가 찼을 때 시라 끓인 물을 세 잔 정도 마신다고 한다. 또한 시라 씨를 삶을 때 나는 냄새만 맡아도 딸꾹질이 멈춘다고 한다.

- 헨루다

무화과나무 주변에 자라는 헨루다(이런 것이 최고다)는 위장에 특효를 발휘하고 설사약으로도 쓸 수 있다. 무화과나무 주변에서 자라지 않은 헨루다는 거미에 물린 사람들을 안심시키는 데 좋다.

- 백리향

백리향을 음식에 듬뿍 섞어 먹으면 흐린 시야를 밝게 해준다. 백리향을 즙을 내어 꿀과 섞어 먹으면 감기 기운을 가라앉힐 수 있고, 폴렌타에 곁들이면 좌골신경통에 효과를 볼 수 있다. 이 즙을 땅에 뿌리면 벌레를 퇴치할 수 있다.

• 꽃박하

꽃박하를 뜨거운 물과 함께 복용하면 위경련을 진정시킬 수 있고 소화 불량을 해소할 수 있다. 꽃박하를 포도주에 타서 마시면 거미나 전갈 독을 해독할 수 있다.

• 쥐오줌풀(일명 고양이풀)

쥐오줌풀은 아주 맵지만 다양하게 사용할 수 있는 풀이다. 머리와 가슴에 찬 담을 깨끗하게 제거한다. 간장을 진정시키며 비장 기능을 조절하고 담석을 제거한다. 또한 뱀을 퇴치하는 데도 유용하다.

• 마조람

마조람을 물에 끓여 흡입하면 코를 시원하게 뚫어주어 식욕을 억제한다. 마조람 즙에 식초와 기름을 타서 전갈에 물린 자리에 펴 바르면 좋다.

- 파슬리

파슬리를 즙을 내 포도주와 함께 마시면 옆구리 통증을 완화시켜준다. 파슬리 즙에 식초를 타 마시면 감기 기운을 가라앉히고, 촌충과 같은 기생충을 없애준다. 파슬리 즙에 벌꿀과 기름을 타서 턱 바로 아래 목둘레에 발라주면 귀의 통증을 가라앉힌다.

- 네덜란드 겨자

벌이나 말벌처럼 쏘는 벌레를 물리치는 데는 네덜란드 겨자가 제격이다. 두통, 구역질, 딸꾹질, 이질에도 효과가 있다.

- 토끼풀

토끼풀은 엄청나게 쓰지만 토끼풀 즙은 뱀에 물린 데나 가슴과 옆구리 통증에 효과가 좋다. 폴렌타와 섞어 기름에 튀기면 영양가 있는 아이들 이유식으로 쓸 수 있다. 기생충 박멸에도 좋다.

- 이소포

이소포를 으깬 후 기름에 데우면 벌레에 물린 가려움증을 없애준다. 여기에 무화과 열매, 꿀, 소금, 카민을 섞어 먹으면 위통을 제거할 수 있다. 이소포만 따로 먹으면 매우 위험하다.

- 미나리

미나리 씨는 이질에 아주 효과적이다. 미나리 잎을 포도주, 설탕과 함께 달이면 훌륭한 이뇨제를 얻을 수 있다. 미나리 뿌리를 포도주에 넣고 끓여 마시면 담낭에 생긴 돌을 빼내주고, 어깨와 옆구리 통증을 완화시켜준다. 전갈도 미나리라면 맥을 놓는다. 미나리 즙을 물약처럼 미친개에 물린 자국에 펴 바르면 효과를 볼 수 있다. 내 친구 파울로 모르데카니에 따르면 성기능을 감퇴시킨다고 한다.

요리하지 않은 닭

닭을 잡아 속을 들어내고 레몬을 잘라 속이 꽉 찰 때까지 채운다. 그런 후 식초 항아리에 48시간 담가둔다. 48시간이 지나야 제대로 된 맛이 난다고 한다. 또 너무 딱딱하게 굳을 수도 있다고 한다.

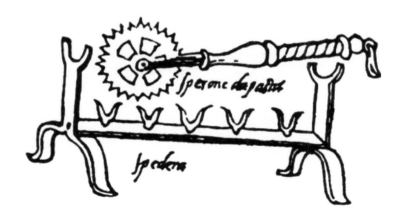

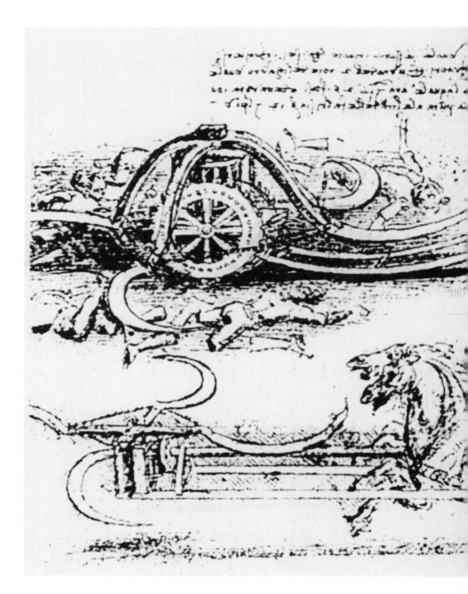

184

레오나르도가 고안한 네덜란드 겨자 추수기. 밀라노 스포르차 궁 작업실에서 제작되어 궁성에서 가까운 네덜란드 겨자밭에서 시험 운행 중 주방 보조 여섯 명과 정원사 세 명을 죽이고 말았다. 이 기계는 이후 루도비코에 의해 프랑스 침략군을 격퇴하는 데 위력을 발휘했다.

로마식으로 말린 매실과 꽃배추 수프

은근하게 끓는 물에 꽃배추를 넣는다. 15분 후에 꽃배추를 꺼내 기름기가 많은 수프에 30분 동안 담가둔다. 30분이 지나면 꽃배추를 꺼내 말린 매실 한 줌과 함께 뼛국물에 30분 동안 삶는다. 말린 매실을 추려내고 먹는다. 이 요리는 맛도 없고 머리와 위장에도 해롭다. 담낭에 돌이 있는 사람에게도 좋지 않다.

목동을 위한 케이크(1)

다음에 소개할 요리는 들이나 산자락에서 일하는 사람들이 즐기는 것이라고 한다. 아침에 일 나올 때 가지고 나와 하루 종일 먹는다는 것이다.

양념을 하지 않은 폴렌타를 화덕에 넣어 구운 후 가로 10센티 세로 20센티 크기로 자른다. 이것을 잘 접어 주머니 모양이나 포대기 모양으로 만든다. 이 주머니 또는 포대기에 속을 채운다. 이때 사용되는 속은 네모 반듯하게 썰어 말린 매실, 으깬 밤, 아몬드 가루, 양젖으로 만든 치즈와 삶은 돼지고기를 같은 양으로 넣고 버무린 것이다.

나는 한동안 이 요리의 장점에 대해 생각해보았다. 이 요리는 누가 먹더라도, 한 손을 이용해 알뜰하게 먹으면서도 다른 손으로는 여전히 일을 해나갈 수 있는 것이다.

목동을 위한 케이크(2)

먼저 목동 셋을 골라 지극정성으로 몸을 씻긴 후 주방으로 데리고 온

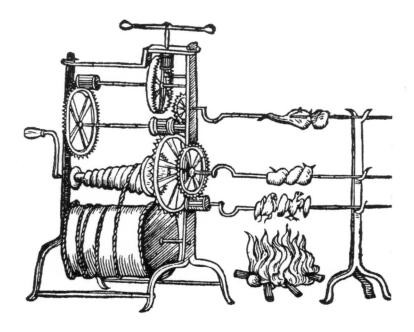

Molinello con tre spedi, che si volta da se, per forza de ruota, col tempo, a foggia di Orologgio, come nella presente Figura si dimostra.

다. 목동들 앞에 여러 풀을 늘어놓고 각자 치는 양들이 가장 즐겨 먹는 풀을 고르도록 시킨다. 목동들이 고른 풀을 간다. 여기에 기름을 쳐 반죽한다. 양을 한 마리 끌고 와 이 반죽을 정성껏 몸에 발라준다. 이제 폴렌타를 이용해 양에게 덧옷을 입혀준다. 화덕 문을 연다. 양을 화덕 속으로 이끈다. 문을 닫는다.

이 요리를 '목동을 위한 케이크'라고 부르는 이유는 뛰어난 목동들의 도움을 받았기 때문이다. 보라. 양의 속에 있는 것과 겉에 있는 것이 똑같지 않은가. 따라서 속맛과 겉맛이 서로 다투지 않을 것이다.

소고기 파이

이 요리는 '목동을 위한 케이크(1)'의 유사품이다. 한 가지 차이는 폴렌타 주머니 또는 포대기 속을 차지하는 것이, 양젖으로 만든 치즈와 버무린 고기가 돼지고기가 아니라 소고기라는 것이다.

빵과 소 아래턱(1)

소 아래턱을 구해 뼈를 발라낸 후 미리 새끼 당근을 끓인 물에 넣고 삶는다(새끼 당근은 고기의 온갖 부위에 감미로운 맛을 더한다). 고기가 물렁해지면 압착기로 여러 번 짜서 가능한 한 부드럽게 한다. 고기를 압착할 때는 반드시 고깃덩이를 접어야 한다. 이제 반으로 접힌 소 아래턱 고기 사이에 빵을 한 조각 끼워 통조림해둔 카푸치노와 함께 상에 올린다.

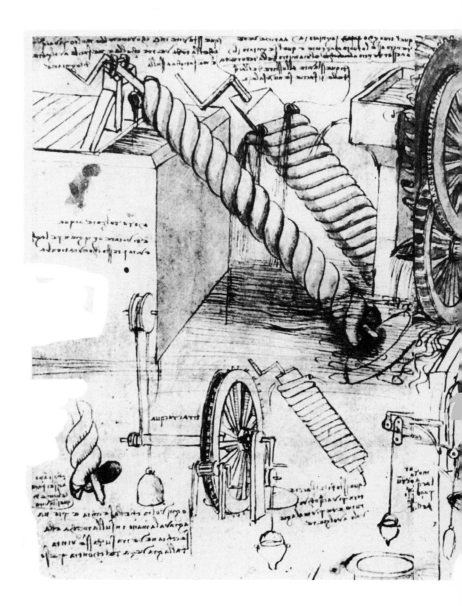

레오나르도가 처음 생각해낸 스파게티. 일반 밀가루와 빗물로 만든 스파게티는 엄청난 것이었다. 지름이 1미터에 길이는 끝이 없었다. 처음에는 군대용으로 고안되었으나, 국수들이 너무 크고 또 소고기나 박하를 너무 많이 잡아먹었기 때문에 체사레 보르자는 자체 내에 능력이 있는 군대만 해먹도록 허용했다.

빵과 소 아래턱(2)

나는 요즘 소 아래턱 고기를 빵 두 조각 사이에 끼워 먹는 방법이 더 합리적이지 않을까 하는 생각으로 고민 중이다. 그 반대가 아니라 말이다. 이렇게 만들면 우리 루도비코 어르신 식탁에 전대미문의 요리로 등장할 수 있을 것이다. 사실 말이지만, 소는 모든 부위를 빵 두 조각 사이에 끼워 먹을 수 있다. 젖가슴살, 간과 창자, 귀때기, 꼬리, 기타 등등 모두 같은 방법으로 먹을 수 있는 것이다. 식솔들은 속에 무엇이 들었는지 몰라 궁금증에 못 이겨 칼을 들고 달려들어 속을 파헤칠 테니, 이 또한 깜짝쇼가 되지 않겠는가. 그렇다면 이 요리에 어떤 이름이 어울릴 것인가? '깜짝쇼빵?'

가우디오의 눅눅한 맛이 나는 시칠리안 수프

밀가루에 달걀 노른자와 장미수를 부어 반죽한다. 반죽을 구더기 모양으로 길고 두툼하게 자른다. 이렇게 자른 반죽을 손바닥으로 누르거나 롤러를 이용해 반반하게 편다. 이 반죽을 2~3년간 햇볕에 말린다. 다 마른 반죽을 치즈 가루, 향이 달콤한 양념, 색을 내기 위해 사프란을 넣은 기름기가 많은 즙에 담근다. 이제 냄비에 담아 숯불 위에 올린다. 이때 냄비 주둥이를 젖은 천으로 덮지 않는다. 눅눅한 맛을 얻기 위해서다.

가우디오는 이 수프를 먹을 때마다 포도주 한 병을 반주로 하는 버릇이 있다. 하지만 나로서는 다른 사람에게 이 방법을 권할 수 없다. 가우디오를 보면 방귀를 뽕뽕거리고 식탁에서 곯아떨어지는 일이 종종 있기 때문이다.

가짜 동면 쥐

동면 쥐 요리를 만들고 싶은데 저
장고에 재고가 없다면, 늙은 무화과
열매를 으깨서 잘 빚으면 그 작은 짐
승과 비슷하게 만들 수 있다. 동면
쥐의 얼굴 모양에 신경이 쓰인다면

엉겅퀴 대가리와 검은 송로버섯 부스러기에게 도움을 청하면 된다.

레몬의 이중 성격

레몬을 이용해서 양배추 잎이나 여타 맛대가리 없는 재료를 장식하고자
한다면 아주 낡았거나 중고가 된 옷가지에 싸서 매달아두고 나방이나 다
른 짐승들이 건드리지 못하게 한다. 그러나 레몬을 새것으로 자주 갈아주
지 않고 오랫동안 방치하면 곰팡이가 슬어 기생충이 번식하게 된다. 그렇
게 되면 옷가지는 큰 낭패를 당하게 된다. 어떤 나방이라도 그보다 큰 피해
를 줄 수 없을 정도로 말이다.

소고기 파스타

사순절 기간 동안 산 안젤로의 수도원 원장들이 주로 사용하는 파스타
요리법은 다음과 같다. 이 파스타는 수도원 종지기들이 힘을 기르도록 제
공되기도 한다.

먼저 소 세 마리를 거르고 걸러 한 덩이로 만든다. 그러니까 소를 삶아

뼈를 발라낸 후 고기만 다시 삶고, 삶은 고기를 압착기와 롤러를 이용해 340그램 미만의 덩어리만 남을 때까지 누르고 눌러준다는 얘기다. 이렇게 해서 얻은 덩어리를 작은 냄비에 넣고 500그램 정도의 설탕을 뿌린다. 이 설탕은 시칠리아산(産)으로 각 수도원의 약제실에서 아주 곱게 정제해낸 것이어야 한다. 이 덩어리가 졸아 진국만 남을 때까지 냄비에 열을 가한다. 이제 이 냄비를 수도원에서 가장 높은 사람에게로 가져간다. 그리고 나무 숟가락으로 진국을 떠서 발치에 놓인 대리석판 위에 방울방울 떨어뜨린다. 파스타는 이렇게 만들어진다.

사순절 기간에 먹기도 하고 수도원 종지기들이 힘을 기르도록 제공되는 파스타는 바로 이런 것이다. 이 파스타는 영양가가 대단하여 다 큰 어른이 이 파스타를 하나만 먹어도 3일 동안을 물만 먹고 살 수 있다고 한다. 그래서 나는 이참에 수도원장에게 물어봐야겠다. 양 여섯 마리로 양고기 파스타를 하나 만들 수 있는지, 돼지 여섯 마리로 돼지고기 파스타를 하나 만들 수 있는지, 개구리 200마리 분의 다리로 개구리 파스타를 하나 만들 수 있는지를 말이다. 우리 루도비코 어르신의 군대가 생각난다. 이런 파스타를 고안해낸다면 군대가 출전할 때 소나 돼지를 줄줄이 끌고 다니지 않아도 될 것이다.

당나귀를 위한 옥수수 부침

상한 달걀을 몽땅 사발에 깨뜨려 넣는다. 여기에 역시 시큼하게 변한 꿀과 카민 씨를 넣고 익힌다. 이렇게 만든 죽으로 아침 사료와 함께 당나귀에

레오나르도 다빈치의 요리 노트

게 먹인다.

암송아지 케이크(일명 수소 깍두기)

소(암놈이든 수놈이든) 한 마리를 거대한 솥에 밀어넣는다. 여기에 당근 세 개와 노간주나무 열매 한 움큼을 넣고 살과 뼈가 자연스럽게 분리될 때까지 한동안 끓인다. 보통 열네다섯 시간이 걸린다. 삶은 고기를 소고기용 압착기에 넣고 국물을 완전히 짜낸다. 이렇게 얻은 국물을 바닥이 편편한 프라이팬에 담아 굳을 때까지 기다린다. 고기가 완전히 굳으면 엄지손가락 크기로 네모 반듯하게 토막 낸다. 이제 물에 데친 야채와 함께 먹으면 된다.

S: s: lavoreri d: latte

latte mete si fa.

야채를 먹을 때마다 이 소고기 깍두기를 곁들이면 새로 소(암놈이든 수놈이든)를 잡을 필요 없이 소고기(암놈이든 수놈이든)를 보충할 수 있다.

소고기 깍두기를 만들고 남은 국물 또한 이용이 가능하다. 말갈기로 만든 촘촘한 체로 걸러낸 후 다음에 요리할 무 요리와 양배추 새순 요리에 가미해 영양가를 높일 수 있다.

가짜 순대(1)

순대를 만들 때 돼지를 한 마리 통째로 잡기가 아깝거든 폴렌타를 돼지 기름과 매운 덩굴월귤과 함께 버무려 삶은 소 젖통에 채워 넣는다.

193

가짜 순대(2)

식품 저장고에서 거위 목덜미 여섯 개를 꺼내온다. 뼈를 발라낸 후 살짝 데친다. 다진 거위 간과 창자, 당근, 송로버섯을 잘 버무려 거위 목덜미에 채워 넣는다. 양끝을 말갈기로 묶어 진짜 순대를 요리하는 방식으로 익힌

다(이 요리법은 내 친구 갈리우스 세나살리에게서 들은 것이다).

주방 책임자가 갖추어야 할 덕목

무엇보다 먼저 남자여야 한다. 여자의 몸으로는 거대한 요리 무게를 이기지 못하기 때문이다. 둘째, 단정하고 피부가 맑은 사람이어야 한다. 손님들이 식사를 하려는데 주방 책임자가 음식 찌꺼기를 덕지덕지 묻히고 다니면 입맛이 떨어질 것이고, 또 책임자가 장발이라면 그 머리카락이 음식을 준비하는 동안 음식에 섞여 들어갈 수도 있기 때문이다.

셋째, 건축 지식이 있는 사람이어야 한다. 장력이랄지 하중이랄지 하는 것을 제대로 알지 못하면 케이크를 만들 때 문제가 된다. 장력과 하중을 계산하지 않으면 케이크가 바로 서 있지 못하고 기울어지거나 폭삭 주저앉아버릴 수도 있기 때문이다.

피아첸차의 잠 못 이루는 밤

루카 파치올리와 내가 피아첸차를 방문했을 때 하룻밤 묵었던 '모로 여인숙'은 점잖은 양반에게는 도저히 추천할 수 없는 곳이다.

첫날밤(그게 마지막이기도 했지만)에 내놓은 음식이라고는 곰팡이 슨 소기름 덩어리가 고작이었는데, 베네치아에서 퍼온 개숫물 맛이 나는 노리끼리하고 팁팁한 소스를 진탕 끼얹어놓았다. 식후에 내온 과일 역시 짓무른 배, 속에 벌레가 기어 다니는 매실, 해를 넘겨 시들해진 포도송이가 전부였다. 여기에 수상쩍은 포도주를 곁들였을 뿐 다른 것은 전혀 없었다.

레오나르도 다빈치의 요리노트

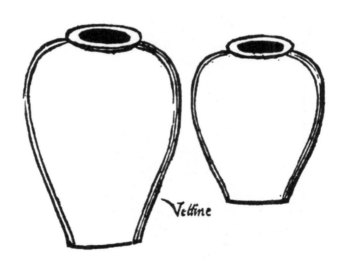

준비해준 잠자리라는 것도 짐승 똥투성이 지푸라기였다. 주인양반은 아니라고 우겼지만 냄새와 느낌만으로도 충분히 짐작이 가는 것이었다. 나는 좀 더 안락한 잠자리를 위해 맨바닥에 시트를 깔고 그 위에서 잤다. 그게 훨씬 더 편안했다.

그러나 온통 난장판이었다. 아래층에서는 날건달 놈들이 체면 불구하고 싸움질을 해댔고, 내 옆방에 들었던 사람은 누군가의 손에 죽어 나갔다. 나는 이웃사촌의 비명소리를 듣자마자 잽싸게 노트와 주머니를 감추고 문에는 궤짝을 받쳤다. 같은 꼴을 당할 수는 없는 노릇이었으니까 말이다.

다음번에 피아첸차를 다시 방문할 기회가 온다면 비스콘티 어르신 댁에 짐을 맡길 것이다. 나는 피아첸차에 볼일이 있는 사람에게는 모두 그렇게 하라고 다짐을 주곤 한다.

세모난 봉지의 쓰임새

나는 지금 몇몇 음식을 세모난 봉지에 넣어 먹을 수 있는 방법을 연구 중이다. 우리 루도비코 어르신 식탁에서는 수프를 밑이 얇은 반반한 나무 사발에 담는데 세모난 봉지에 넣으면 더 나을 것이다. 쏟아질 염려가 없으니 식탁에도 좋고. 하지만 어떤 재료로 세모난 봉지를 만들어야 할지, 마지팬으로? 폴렌타로? 그냥 나무로 만들어야 할까?

간단한 송어 내장 요리 한 접시

송어 내장을 구해 깨끗이 씻어 흐르는 물에 최소한 네 번 이상 헹군다. 싫어하는 부위를 잘라낸 후추, 미나리, 빵가루, 달걀을 넣고 버무린다. 이 위에 바삭하게 굳은 폴렌타를 얹는다.

이 요리는 내 친구 가우디오 아판 디 리반이 가장 혐오하는 요리로, 이 친구 다시는 맛보고 싶지 않다고 한다. 하지만 나로서는 무척이나 애착이

가는 요리다. 그래서 나는 이 요리를 연구해낸 오스티아 사람들마저 사랑한다.

굴 요리

굴은 조개 껍데기에 담아 숯불에 구워 그 위에 부드러운 향유를 뿌려주면 최고의 맛을 낸다. 색을 밝히는 부자들은 굴을 생으로 먹어대는데, 이사람들 굴의 진미를 전혀 모르는 것이다.

식초에 대한 궁금증

식초는 우울증에 빠진 사람을 더욱더 우울하게 만든다. 눈곱자기들이 식초를 먹으면 더 심한 눈곱자기가 된다. 식초를 썩은 포도와 함께 섞어 무더운 날씨에 손목에 바르면 시원함을 느낄 수 있다.

먹을 수 있는 벌레 목록
- 귀뚜라미
- 벌
- 몇몇 배추벌레

그러나 아래 벌레는 먹을 수 없다.
- 거미
- 집게벌레

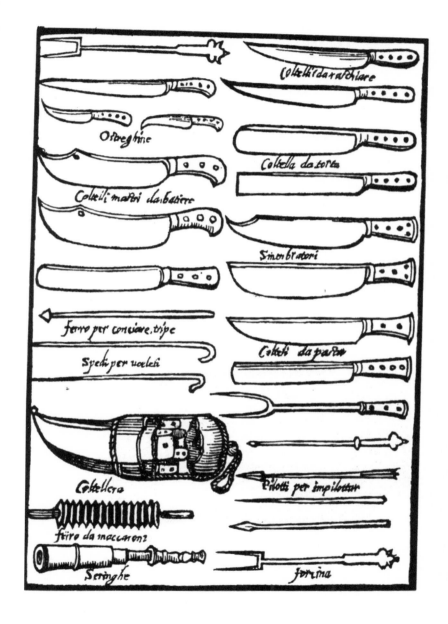

- 덩치가 큰 파리

나는 요즘 음식을 보관하는 방법, 특별히 개구리를 보관하는 방법을 연구 중이다. 이 연구는 트란시메노 호수 근처에 사는 레오니 부일라로티라는 친구에게서 소식을 들은 후 박차를 가하게 되었다.

이 친구는 호수가 얼기 시작하면 수백 마리의 개구리를 호수로 몰아넣는다. 호수가 완전히 얼어붙으면 톱으로 얼음을 썰어 얼음 속에 얼어붙은

신선한 개구리를 겨울 한철 줄곧 즐긴다는 것이다. 이 친구 말에 따르면 개구리는 다리만 먹어야 인간적이라고 할 수 있다는데, 개구리 다리 중에서도 가장 맛있는 부위는 발가락이란다. 사실 말이지만 트란시메노 호수 주변뿐만 아니라 로마 아래 지역에서도 레오니 부일라로티가 공급하는 '얼린 개구리 발가락 요리'는 겨울철 연회에서 가장 욕심내는 요리다.

이 친구는 이렇게 설명한다. 개구리 다리 껍질을 벗긴 후 찐다. 이렇게 찐 다리를 양배추 삶은 물에 바실리카, 마늘과 함께 넣어 절인 후에 먹으면 된다. 레오니 부일라로티의 충고는 계속 이어진다. 개구리 다리에서 발가락은 먹는 바로 그 순간에 떼어내야 한다. 귀한 양반을 대접하려면 발가락 삼사십 개를 모아야 겨우 1인분이라 할 수 있다. 그 밖에 보통 식솔들은 나머지 발가락을 나눠 먹는 것으로 만족해야 한다.

레오니 부일라로티는 덧붙여 설명한다. 이제 남은 개구리 몸통으로 케이크를 만들어 집에서 기르는 가축을 먹인다.

나도 개구리 케이크라면 들어본 적이 있다. 개구리 케이크에는 냄새가 독한 향수를 듬뿍 친다. 또 진짜 살아 있는 개구리 모양으로 만든다. 푸글리아에서 농부들이 결혼할 때면 이런 '개구리 모양 개구리 케이크'를 만들어 잔칫상을 꾸민다고 한다.

나는 이제 레오니 부일라로티가 연구해낸 보관 절차를 다른 식품, 그러니까 양배추며 소고기며 기타 등등에 적용해볼 방법을 고민 중이다. 나도 얼어붙기 시작하는 호수에 소 떼(물론 죽은 놈)와 양배추를 몰아넣고 단단히 얼기만을 기다릴 것이다. 얼음이 얼면 톱으로 1인분씩 썰어 깊이 판 땅

굴 속에 단단히 보관할 것이다. 이렇게 해놓으면 양배추 새순을 좋아하는
사람들이 1년 내내 아무 때라도 입맛이 당길 때 즐길 수 있을 것이다. 또한
소고기를 즐기는 사람들도 새로 소를 잡는다 어쩐다 하는 불편과 수고를
들이지 않고도 제때제때 음미할 수 있을 것이다.

　냉동 저장한 개구리 외 기타 식품의 장점은 계절의 구애를 받지 않는 데
있다.

일용할 양식을 적당히 취하는 법

　모든 살아 있는 생명체에서 굳은 것과 묽은 것의 비율은 2.5대 1이다(이
수치는 내 친구 베네데토 가르비가 산출해낸 것이다). 이와 마찬가지로 몸이 필
요로 하는 음식의 양도 씹어 먹을 것이 마실 것의 두 배 반이 되어야 한다.
각 사람에게 필요한 음식의 양을 계산하는 방법은 이렇다. 내장으로 속

을 꽉 채운 방광 하나의 무게는 사람 머리와 무게가 같다. 한 사람이 하루에 섭취해야 하는 음식의 양은 자신의 머리와 무게가 같아야 한다. 내 친구 베네데토 가르비가 주장하는 바에 따르면 다 큰 어른의 머리 무게는 전체 몸무게의 7분의 1을 차지한다고 한다. 따라서 머리 무게가 30에토(약 6.8 킬로그램)쯤 나가는 사람이라면 굳은 음식(폴렌타, 올리브 열매, 개구리 다리, 기타 자신의 처지에서 구할 수 있는 모든 먹거리) 20에토와 마실 것 10에토를 매일 먹어야 한다(폴렌타는 반은 먹을 것이고 반은 마실 것이라는 점을 감안한 계산법이다).

* 위 글에 대한 사족: 다시 곰곰이 생각해보니 내가 잘못 생각했다는 생각이 든다. 다시 숙고해볼 일이다.

음식을 고루 섭취하는 법

사람은 오로지 한 가지 음식만으로는 필요한 영양을 다 보충할 수도 없고 또 제대로 살아남을 수도 없다. 그 어떤 곡식도, 그 어떤 열매도, 그 어떤 뿌리도, 그 어떤 고기도, 그 어떤 우유도 한 가지만으로는 충분하지 않다. 두 가지 음식을 먹는다고 해도 다른 음식의 도움이 없으면 살아남을 수 없다.

별도의 추가 음식 없이 세 가지 음식만으로도 충분히 살 수 있는 방법이 있다. 바로 폴렌타, 올리브 열매, 개구리 다리가 그 주인공들이다. 이 세 가지 먹거리를 다음과 같은 비율로 먹는다.

폴렌타 7할

올리브 열매 2할

개구리 다리 두 개[28]

나는 내 친구 베네데토 가르비와 여러 날 밤을 새워가며 위 비율에 대해 격론을 벌였다. 내 친구는 6개월 가까이 이 비율을 시험해보던 중 재수 없게 죽고 말았다.

몇몇 채소와 그 다양한 쓰임새에 대해

• 알이 굵은 콩

옛날 사람들은 알이 굵은 콩 종류 속에 죽은 사람들의 혼이 살고 있다

---

28) 레오나르도가 흔히 저지르는 계산상의 실수 중 하나다. 레오나르도는 현재 작업 중인 일보다 다음 작업에 더 신경을 쓴 것 같다. 그리고 한번 쓴 것은 다시는 보지 않은 것도 같다.

고 믿어 먹기를 꺼려했다. 나도 알이 굵은 콩 종류를 싫어하는 편이지만 이런 이유 때문은 아니고, 그놈들이 음탕한 생각을 불러일으키고, 불면증을 가져오고, 배 속에 가스를 채운다는 사실을 알아챘기 때문이다.

• 렌즈콩

렌즈콩을 먹어 생기는 담즙을 예방하기 위한 방법이다. 먼저 렌즈콩을 물에 두 번 삶아낸다. 처음 렌즈콩을 삶은 물은 따라 버린다. 두 번째 삶을 때에는 식초와 풀잎을 함께 삶는다. 이렇게까지 정성을 들여도 가슴, 뇌, 시력에는 여전히 좋지 않다.

• 완두콩

완두콩은 알이 굵은 콩에 비해서는 덜 위험한 편이다. 그러나 너무 많이 먹지는 말라. 완두콩을 너무 많이 먹으면 미친병이 도질 수 있다.

• 이집트콩

이집트콩을 우려낸 국물을 마시면 다음과 같은 효력을 볼 수 있다. 신장을 맑게 하고, 담석을 제거하고, 위에 기생하는 벌레를 제거해준다.

• 파

파를 흥분제로 간주하여 혼인식 날 밤에는 반드시 먹어야 한다고 주장하는 사람들이 있다. 숙취 제거에 파가 제일이라고 주장하는 사람들도 있다. 또한 파를 완전한 설사약이라고 우기는 사람들도 있다. 어찌 됐건 간에 나는 파를 먹으면 몸에 해롭다고 단정지어 말할 수 있다.

파는 두통을 유발하고, 이와 잇몸을 상하게 하고, 시력도 감퇴시킨다. 이런 이유로 나는 파 먹기를 포기했다.

- 양파

양파를 제대로 먹는 방법(많은 사람들이 잊어버린 것 같다)은 양파를 재나 숯불 밑에서 굽는 것이다. 양파가 다 익으면 잘게 썰어 소금, 향유, 식초, 포도즙이나 배즙으로 맛을 내 먹는다(후추와 계피를 가미해 먹는 사람도 있다).

양파를 너무 많이 먹으면 머리가 무거워지고, 기억력이 떨어지고, 잠이 많아지고, 입에서 심한 냄새가 난다(입에서 나는 냄새를 제거하기 위해서는 사탕무 뿌리를 씹으면 된다).

- 마늘

강낭콩과 함께 조리한 마늘은 기침을 멈추게 하고 가쁜 숨을 진정시킨다. 마늘로 즙을 내 방 구석구석에 뿌려두면 거미, 전갈 등 골치 아픈 자잘한 벌레를 쫓아준다.

- 무

무보다 사람 몸에 해로운 것은 없다고 하는 사람들이 있다. 이 사람들 주장에 따르면 무가 위장을 부풀게 하고, 변비를 유발하며, 성격을 성마르게 한다는 것이다. 뭘 모르는 사람들이 하는 말이다. 무를 돼지기름과 섞어 반죽을 만들어 다리에 고루 펴 바르면 물집을 없애준다. 그리고 사람들이 잘 모르는 사실이 또 있다. 무 삶은 국물을 마시면 통풍을 치료해준다. 게다가 삶아 으깬 무는 우리 루도비코 어르신께서 즐기시는 요리 중 하나이기도 하다.

- 엉겅퀴

무보다 사람 몸에 해로운 것은 없다고 하는 사람들이 있는 반면에, 하루라도 엉겅퀴를 먹지 않고는 배길 수 없다고 주장하는 사람들도 있다. 하지만 어떤 부분을 어떻게 먹어야 하는지에 대해서는 말이 없다. 나로서도 전혀 짐작이 가지 않는다.

- 강낭콩

강낭콩 역시 대단치 않다.

- 오이

달콤한 포도주에 절인 흰 오이 씨는 방광에 문제가 있는 여자들에게 종종 효과를 보이곤 한다. 그러나 기분이 나빠지고 열만 난다고 하는 여자들도 있다. 만일 꼭 오이를 먹어야 한다면 껍질을 벗기고 씨를 뺀 후 소금, 향유, 식초를 뿌려 먹을 수는 있다.

- 알트라무스(꽃이 희고 열매는 먹을 수 있는 콩과 식물)

알트라무스를 요리 재료로 선택했다면, 먼저 반나절 정도 연기에 그슬린 후 갈아 뜨거운 냄비에 올린다. 맛이 너무 쓸 경우에는 먹지 말고 아이들 배 위에 발라 문질러준다. 기생충을 내쫓아준다.

- 회향

회향에 대해서는 할 말이 별로 없다. 다만 맛이 없는 회향에 대해 한마디 하겠다. 겨울 초입에 회향 맛이 별로 달지 않다면, 회향을 땅바닥에 깔고 그 위에 외양간에서 퍼온 두엄을 덮어둔다. 해가 지나면 달콤한 맛을 낼 것이다. 설탕을 치지 않은 회향을 먹고 일가족이 몰사했다는 소문을 들었다. 이런 일을 면하기 위해서는 반드시 설탕을 준비해야 한다고 믿는 바이다.

- 호박

한여름에 아직 애호박인 채로 말랑말랑할 때, 그러니까 엄청나게 부풀어 올라 흉한 꼴로 변하기 전에(나는 길이가 3미터나 되는 엄청난 호박을 내 두 눈으로 똑똑히 본 적이 있다) 껍질을 벗겨내고 길쭉길쭉하게 잘라 햇볕에 말린다. 이렇게 말린 호박은 겨울에 먹을 수도 있고 식탁 장식으로 쓸 수도 있다.

• 말오줌나무꽃

말오줌나무꽃은 특히 수종으로 고생하는 사람에게 아주 좋다. 말오줌나무꽃 열매는 흰머리 염색약으로 쓸 수 있다. 또 이 열매를 익혀 먹으면 뱀에 물린 데 효과를 발휘한다. 말오줌나무꽃 잎사귀를 삶은 물을 집 주위에 뿌려두면 벼룩을 퇴치할 수 있다.

• 에스피나카, 새끼 당근, 사탕무, 꽃배추, 버섯, 송로버섯, 삼색 오랑캐꽃

이것들에 대해서는 앞에서 설명한 듯싶다.

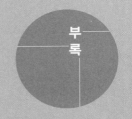

부록

Leona

나만의
엽기발랄 레시피

la daVinci

요리를 하다가
불현듯 기발한 아이디어가 떠올랐을 때
나만의 레시피를 만들어보세요.

date :

title :

Recipe :

date :

title :

Recipe :

나만의 엽기발랄 레시피

date :

title :

Recipe :

214

date :

title :

Recipe :

나
만
의
엽
기
발
랄
레
시
피

date :
....

title : _____

Recipe :

216

date :

title :

Recipe :

나
만
의
엽
기
발
랄
레
시
피

date :

title :

Recipe :

date :
....

title : _____

Recipe :
_____
....
_____
_____
....
_____
_____
....
_____
_____
....
_____
_____
....
_____
....
_____

나만의 엽기발랄 레시피

date :

title :

Recipe :

date : ....

title : _____

Recipe :

_____
_____
_____
_____
_____
_____
_____
_____
_____
_____
_____
_____
_____
_____

나만의 엽기발랄 레시피

date :

title :

Recipe :

date :
....

title : _____

Recipe :

나
만
의
엽
기
발
랄
레
시
피

date :

title : _____

Recipe :

date : ....

title : _____

Recipe :

나만의 엽기발랄 레시피

date :

title :

Recipe :

date : ....

title : _____

Recipe : ....

나만의 엽기발랄 레시피

date :

title :

Recipe :

date :

title :

Recipe :

나
만
의
엽
기
발
랄
레
시
피

date :

title :

Recipe :

date :

title :

Recipe :

나만의 엽기발랄 레시피

date :

title :

Recipe :

date :
....

title : _____

Recipe : _____

나
만
의
엽
기
발
랄
레
시
피

date :

title :

Recipe :

date :

title :

Recipe :

나만의 엽기발랄 레시피

date :
....

title : _____

Recipe : ....

....

....

....

....

....

....

....

....

....

....

....

....

date :

title :

Recipe :

나만의 엽기발랄 레시피

date :

title :

Recipe :

238

date :

title :

Recipe :

239

레오나르도 다빈치의
요리노트

초판 1쇄 인쇄·2019년 7월 25일
초판 1쇄 발행·2019년 7월 31일

지은이·레오나르도 다빈치
옮긴이·김현철
펴낸이·이춘원
펴낸곳·노마드
기 획·강영길
편 집·이경미
디자인·블루
마케팅·강영길

주 소·경기도 고양시 일산동구 무궁화로120번길 40-14(정발산동)
전 화·(031) 911-8017
팩 스·(031) 911-8018
이메일·bookvillagekr@hanmail.net
등록일·2005년 4월 20일
등록번호·제2005-29호

ⓒ 노마드 2019
ISBN 979-11-86288-31-3 (03880)

잘못된 책은 구입하신 서점에서 교환해 드립니다.
책값은 뒤표지에 있습니다.

이 도서의 국립중앙도서관 출판예정도서목록(CIP)은 서지정보유통지원시스템 홈페이지(http://seoji.nl.go.kr)와
국가자료종합목록 구축시스템(http://kolis-net.nl.go.kr)에서 이용하실 수 있습니다.(CIP제어번호 : CIP2019024646)

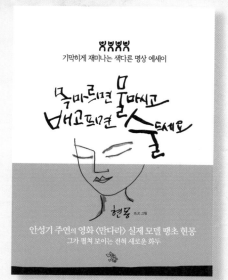

기막히게 재미나는 색다른 명상 에세이

목마르면 물마시고
배고프면 술 드세요

안성기 주연의 영화 《만다라》 실제 모델 땡초 현몽
그가 펼쳐 보이는 전혀 새로운 화두

목마르면 물 마시고 배고프면 술 드세요

자살을 꿈꾸고, 술을 사랑하고, 금강경에 매혹되다

이 책은 먹고 사랑하고 기도하고 수행하고 추억하고 마시고
취하고 미치고 살고 죽는, 모름지기 인간이라면 피해갈 수 없는
화두를 금강경이라는 프리즘을 통해 갈가리 깨부수어 잔인
하리만치 파헤쳤다. 화두는 무겁되 그러나 그에 담긴 함의는
발랄하고 슬프고 재미나고 색다르다.

금강경으로 일관하되 틈틈이 종교의 본질을 해학적으로 까발
리고, 우리나라 종교계의 위선을 꼬집고, 인간의 욕망을 부끄
러울 만치 드러내고, 명상 참선으로 나를 낮추어 나야말로 지구
상 온갖 서열의 꼴찌임을 절절히 인정할 때 참다운 하심(河心)이
터진다고 말한다. 더하여 원효스님, 경허스님, 성철스님, 지족선
사 등 우리나라 불교계의 맥을 잇는 기라성 같은 선승들을 소환
하여 당돌한 대화를 통해 그들의 존재감을 새삼 부각 시킨다. 책
곳곳에서 현몽스님이 그린 선화를 만나는 재미도 쏠쏠하다.

현몽 쓰고 그림 | 에세이 | 336쪽 | 15,800원

알아두면 잘난 척하기

영단어 하나로 역사, 문화,
상식의 바다를 항해한다

알아두면 잘난 척하기 딱 좋은
영어잡학사전

이 책은 영단어의 뿌리를 밝히고, 그 단어가 문화사적으로 어떻게 변모하고 파생되었는지 친절하게 설명해주는 인문교양서이다. 단어의 뿌리는 물론이고 그 줄기와 가지, 어원 속에 숨겨진 에피소드까지 재미있고 다양한 정보를 제공함으로써 영어를 느끼고 생각할 수 있게 한다.

영단어의 유래와 함께 그 시대의 역사와 문화, 가치를 아울러 조명하고 있는 이 책은 일종의 잡학사전이기도 하다 영단어를 키워드로 하여 신화의 탄생, 세상을 떠들썩하게 했던 사건과 인물들, 그 역사적 배경과 의미 등 시대와 교감할 수 있는 온갖 지식들이 파노라마처럼 펼쳐진다.

김대웅 지음 | 인문 · 교양 | 452쪽 | 22,800원

본래 뜻을 찾아가는 우리말 나들이

알아두면 잘난 척하기 딱 좋은
우리말 잡학사전

'시치미를 뗀다'고 하는데 도대체 시치미는 무슨 뜻? 우리가 흔히 쓰는 천둥벌거숭이, 조바심, 젬병, 쪽도 못 쓰다 등의 말은 어떻게 나온 말일까? 강강술래가 이순신 장군이 고안한 놀이에서 나온 말이고, 행주치마는 권율 장군의 행주대첩에서 나온 말이라는데 그것이 사실일까?

이 책은 이처럼 우리말이면서도 우리가 몰랐던 우리말의 참뜻을 명쾌하게 밝힌 정보사전이다. 일상생활에서 자주 쓰는 데 그 뜻을 잘 모르는 말, 어렴풋이 알고 있어 엉뚱한 데 갖다 붙이는 말, 알고 보면 굉장히 험한 뜻인데 아무렇지도 않게 여기는 말, 그 속뜻을 알고 나면 '아하' 하고 무릎을 치게 되는 말 등 1,045개의 표제어를 가나다순으로 정리하여 본뜻과 바뀐 뜻을 밝히고 보기글을 실어 누구나 쉽게 읽고 활용할 수 있도록 하였다.

이재운 외 엮음 | 인문 · 교양 | 552쪽 | 28,000원

딱 좋은 시리즈!

철학자들은
왜 삐딱하게 생각할까?

알아두면 잘난 척하기 딱 좋은
철학잡학사전

사람들은 철학을 심오한 학문으로 여긴다. 또 생소하고 난해한 용어가 많기 때문에 철학을 대단한 학문으로 생각하면서도 두렵고 어렵게 느낀다. 이 점이 이 책을 집필한 의도다. 이 책의 가장 큰 미덕은 각 주제별로 내용을 간결하면서도 재미있게 설명한 점이다. 이 책은 철학의 본질, 철학자의 숨겨진 에피소드, 유명한 철학적 명제, 철학자들이 남긴 명언, 여러 철학 유파, 철학 용어 등을 망라한, 그야말로 '세상 철학의 모든 것'을 다루었다. 어느 장을 펼치든 간결하고 쉬운 문장으로 풀이한 다양한 철학 이야기가 독자들에게 철학을 이해하는 기본 상식을 제공해준다. 아울러 철학은 우리 삶에 매우 가까이 있는 친근하고 실용적인 학문임을 알게 해준다.

왕잉(王穎) 지음 / 오혜원 옮김 | 인문·교양 | 324쪽 | 19,800원

역사와 문화 상식의
지평을 넓혀주는 우리말 교양서

알아두면 잘난 척하기 딱 좋은
우리말 어원사전

이 책은 우리가 무심코 써왔던 말의 '기원'을 따져 그 의미를 헤아려본 '우리말 족보'와 같은 책이다. 한글과 한자어 그리고 토착화된 외래어를 우리말로 받아들여, 그 생성과 소멸의 과정을 추적해 밝힘으로써 올바른 언어관과 역사관을 갖추는 데 도움을 줄 뿐 아니라, 각각의 말이 타고난 생로병사의 길을 짚어봄으로써 당대 사회의 문화, 정치, 생활풍속 등을 폭넓게 이해할 수 있는 문화 교양서 구실을 톡톡히 하는 책이다.

이재운 외 엮음 | 인문·교양 | 552쪽 | 28,000원

레오나르도 다빈치의

요리노트

EL CODEX ROMANOFF
DE LEONARDO DA VINCI

nomad
노마드